Conan der Barbar
Elfter Teil

Erika Sanders

Conan der Barbar
Elfter Teil

Erika Sanders

Serie
Conan der Barbar Vol. 41 bis 44

Zusammenfassung

Treffen Sie die Frauen in Conans Leben, wie es Ihnen noch nie zuvor gesagt wurde ...

Nach neuen Abenteuern und Triumphen kehren Conan und seine Gruppe in die Stadt zurück, in der sie jetzt Tarantia lebt.

Wird die Rückkehr sie die Abenteuer verpassen lassen? oder wird es besser als erwartet sein?

Diese Publikation enthält die Bände 41 bis 44:
41 - Belit
42 - Cyphia
43 - Yasimina und Valeria
44 - Valeria, Zula und Yasimina
(Alle Charaktere sind 18 Jahre oder älter)

Anmerkung zum Autorin:

Erika Sanders ist eine bekannte internationale Schriftstellerin, die in mehr als zwanzig Sprachen übersetzt wurde und ihre erotischsten Schriften, fernab ihrer üblichen Prosa, mit ihrem Mädchennamen signiert.

Index:

CONAN DER BARBAR
ELFTER TEIL
ERIKA SANDERS

KAPITEL XXXXI
BELIT

Conan brauchte nicht lange, um sie zu finden.

Indem sie diejenigen fragte, die ihre Art von Musik mochten und lokale Künstler kannten, war sie so bekannt, dass es wirklich sehr wenig Mühe kostete, zu wissen, wo sie heute Abend auftrat.

Er hatte Glück, dass sie natürlich in der Stadt gewesen war, weil sie oft an andere Orte gereist war, wie alle Barden es früher getan hatten, aber als sie wusste, dass sie in der Stadt war, war es ziemlich einfach gewesen, die Taverne angemessen zu finden.

Er hörte sie noch bevor er den Raum betrat, ihre klare Stimme schwebte die Straße entlang.

Die Kunden schwiegen entzückt.

Während sie auftrat, gab es keine geschäftigen Gespräche.

Und da war sie, als er hereinkam, um hinten in der Nähe der Bar zu stehen.

Ein Blitz der Anerkennung, der Überraschung, huschte über ihr Gesicht, als sie ihn sah, aber es war nur ein Moment, und ihre Leistung hörte keine Sekunde auf.

Es war unwahrscheinlich, dass jemand anderes es bemerkt hatte, so war seine Professionalität.

Er hatte sie seit Jahren nicht mehr gesehen, mit so vielen Dingen, die sie gemeinsam hatten.

In gewisser Weise hatte er vielleicht mehr mit Belit gemeinsam als jeder andere in der Stadt, aber er hatte sie gemieden.

Er war sich nicht sicher, wie sie nach all der Zeit darauf reagieren würde, ihn jetzt zu sehen, und das kurze Flackern auf seinem Gesicht, als er eingetreten war, reichte nicht aus, um ihm einen Hinweis zu geben.

Vielleicht war sie diejenige, die es vermieden hat.

Er hoffte nicht, denn das würde die Dinge unangenehm machen ... na ja, unangenehmer als sie sowieso sein würden.

Ich hätte sie eigentlich früher suchen sollen.

Stattdessen hatte er den offensichtlichen Kurs eingeschlagen, in der Universitätsbibliothek nach Aufzeichnungen gesucht und versucht, eine Erklärung dafür zu finden, was in der fernen Vergangenheit passiert war und warum es jetzt wieder passieren könnte.

Belit kannte alle alten Legenden.

Sie wäre eine ausgezeichnete Quelle gewesen.

Aber er hatte die Möglichkeit in den Hintergrund gedrängt und das unvermeidliche Treffen verschoben.

Und am Ende hatte es natürlich nicht funktioniert, denn hier war es.

Mit einer Frau, mit der er eine einzigartige Beziehung hatte, zumindest was die Stadt Tarantia betrifft.

Er spielte Laute, während er sang, und schlanke Finger tanzten auf den Saiten. Das Instrument ergänzte die fast unnatürliche Klarheit seiner Stimme, die nach all den Jahren immer noch frisch und schön war.

Es schien keinen Tag älter zu sein als als er sie das letzte Mal gesehen hatte ... aber dann ist es lange her.

Sein dunkles Haar fiel in Locken über sein Gesicht, seine blaugrauen Augen schimmerten im Lampenlicht.

Sie sah ihn nicht mehr an, nicht seit diesem ersten Blick, aber alle anderen Augen in der Taverne waren auf sie gerichtet, einschließlich seiner eigenen.

Sie trug eine langärmelige weiße Bluse unter einer ärmellosen blauen Weste, die mit Silber besetzt war, und enge dunkle Leggings, die die Form ihrer langen Beine betonte und nicht verbarg.

Seine schwarzen Stiefel waren hoch, fast bis zum Knie, oben gefaltet, um ein blasseres Futter zu erkennen; Sie sahen dekorativ aus, aber wenn man genau hinschaute, konnte man die harten Sohlen sehen, die sie ein Leben lang von einem Ort zum anderen sehr praktisch machten.

Er bemerkte, dass sie lange Ohrringe trug, jeder mit einem goldenen Filigran in Form von Schmetterlingsflügeln und einem kleinen blauen Saphir in der Mitte.

Er hob den Blick nach oben zu den gebogenen Punkten seiner Ohren, die gegen seine dunklen Locken hervorstachen.

Für Belit war er ein halbelfenhafter Krieger.

Es gab nur wenige von ihnen in der Stadt.

Die Zwerge und Kobolde waren zahlreich genug, um ihre eigenen Zonen zu haben, ein paar Straßen, in denen sie irgendwo weit weg von zu Hause leben konnten, umgeben von anderen ihrer Art.

Aber Krieger waren noch nie so zahlreich, nicht hier auf Tarantia.

Vielleicht war es die lokale Atmosphäre.

Das bedeutete natürlich nicht, dass es keine Krieger gab.

Es gab immer ein paar, von denen viele auf der Durchreise waren, und einige mit Grund, länger hier zu bleiben.

Aber es gab nie viele, weshalb ihr Lebensstil vielen Menschen hier so mysteriös erschien.

Außer ihm war Belit der einzige halbelfenhafte Krieger, den er kannte und der auf Tarantia geboren worden war, und das hatte ihnen immer eine gemeinsame Perspektive gegeben.

Sie hatte natürlich in seltenen Fällen andere getroffen und war durch andere Orte gegangen, aber auf Tarantia selbst ... gab es nur sie.

In diesem Sinne war seine Geschichte seiner sehr ähnlich: übrigens ein Elfenmann, der eine kurze Beziehung zu einer menschlichen Frau hatte, bevor er ging, um zu wissen, wo.

Er war wahrscheinlich immer noch da draußen, wie sein eigener Vorfahr es getan haben musste, und führte vielleicht ein unbeschwertes Leben, ohne sich Gedanken darüber zu machen, was mit seiner Tochter passiert war.

Elfen können manchmal launisch sein.

Das Lied endete mit einem begeisterten Applaus, an dem natürlich Conan teilnahm.

Er entschied sich für den besten Weg, sich ihr zu nähern, als ihm klar wurde, dass dies nicht notwendig war.

Sie hatte ihre Laute über die Schulter gehakt und ging direkt auf ihn zu und nahm dabei Grüße von der Menge entgegen.

Er bestellte hastig ein Glas Wein beim Kellner, und es kam gerade an, als sie einen Hocker neben sich hochzog.

Er gab es ihr und sie nahm es widerwillig, wie es schien.

"Es ist ein paar Jahre her", sagte Belit und sah ihn an, ohne seinen direkten Blick zu treffen.

Seine Stimme war, selbst wenn er normal sprach, immer noch musikalisch, ein Geschenk seines elfischen Erbes, das er nicht vollständig teilte, weil sein elfischer Vorfahr viel weiter entfernt ist als ihr.

"Ich war nicht in der Stadt, also ... ich denke, wir haben uns einfach nicht getroffen."

"Richtig ...", sagte sie in einem Ton, der besagte, dass sie kein Wort davon glaubte. "Während all dieser Jahre ... ja, das würde es sehr gut erklären."

"Wir waren beide beschäftigt. Es ist nicht so, dass ich nicht wollte ..."

"Bitte vergib mir", sagte sie und sah ihn immer noch an, "ich bin nicht so dumm."

"Nein, bist du nicht."

"Liebe sie und verlasse sie", sagte er, "ich kann sagen, von welcher Seite der Familie du das hast."

"Es tut mir leid ... ich hätte ..." Er war sich nicht sicher, was er sagen sollte.

Dies war schließlich der Grund gewesen, warum er sie gemieden hatte.

Er hatte dieses Gespräch nicht gewollt.

"Und es ist dir nie in den Sinn gekommen", sagte die Barde und drehte sich plötzlich um, um ihn richtig anzusehen, "dass ich genauso sein könnte wie du. Er ist auch die Hälfte meiner Familie."

Diesmal schwieg er, fühlte sich unwohl und hatte das Gefühl, dass alles, was er sagte, die Dinge noch schlimmer machen könnte.

"Trotzdem", sagte er schließlich, "bist du jetzt zurück. Ich bin froh, dass du deine Meinung geändert hast." Sein Gesicht, das kurz vor einem Lächeln stand, verhärtete sich plötzlich, als er ihren Gesichtsausdruck sah.

Sie drehte sich um und sah ihn absichtlich nicht an.

"Oh Scheiße. Du willst etwas, richtig? Darum geht es. Du wolltest mich nicht sehen. Du brauchst einen Gefallen, also hast du dich entschieden, nach ein paar Jahren, in denen du mich gemieden hast, aus dem Nichts aufzutauchen. Du hast Bälle. ""

"Schau ... Entschuldigung, es ist wirklich wichtig und wenn ich woanders suchen könnte ..."

"Du würdest mich immer noch ignorieren", sagte sie und drehte sich zu ihm um. Ihre zarten Augenbrauen runzelten die Stirn. "Wenn ich für dein Problem nicht wichtig wäre."

"Das ist nicht das, was ich meinte."

"Klingt so, als hättest du zu mir gesagt."

"Du machst das schwierig."

"Das ist die Idee, ja."

Er hielt den Atem an und beruhigte sich, anstatt sofort zu antworten.

Dann versuchte er es mit einer anderen Taktik.

"Schau, du bist die beste Barde, die ich kenne, ich möchte nur diese Fähigkeit nutzen. Es ist nichts, was du sowieso nicht tun würdest. Ich werde dich bezahlen, wenn es wirklich das ist, was du willst."

Sie lachte tatsächlich darüber, ein kurzes Klingeln wie Noten.

"Warum denkst du, ich will dein Geld?"

"Nun, was auch immer. Vergiss das Geld. Ich brauche eine Legende und zu wem kann ich besser gehen? Geschichten zu rezitieren, ist Teil deiner Arbeit. Vielleicht kann ich dir etwas zurückgeben ... Ich bin ein Abenteurer, das habe ich Geschichten zu erzählen. ".

Belit sah ihn anerkennend an, die schlanken Finger ihrer Hand tippten auf die Stange neben ihr.

"Das ist wirklich wichtig für dich, nicht wahr? Welche Legende?"

Sie klang jetzt neugierig.

"Ich habe nur einen Namen oder vielleicht ein Wort: Kahudreth. Weißt du was das bedeutet?"

"Wow ...", sagte sie ausatmend, "die Legende von Kahudreth. Das ist eine alte Legende, und eine, die ich seit langem nicht mehr erzählt habe. Wofür willst du etwas darüber wissen?"

"Aber erinnerst du dich an sie?" sagte er und ignorierte die Frage.

"Natürlich erinnere ich mich an sie", sagte sie und sah ein bisschen beleidigt aus. "Ich bin eine Barde, erinnerst du dich? Warum willst du ihr jetzt zuhören?"

"Ich kann es dir nicht sagen. Jedenfalls noch nicht."

"Vertraue mir nicht".

"Nein, das ist es nicht, es ist ... es ist kompliziert."

Belits blaugraue Augen weiteten sich.

"Er ist zurück, nicht wahr?

"Was ist zurückgekommen?"

"Warum willst du so eine alte Legende kennenlernen?"

"Ich kann dir die Geschichte später erzählen. Wenn ich fertig bin."

Sie sah wieder zu ihm auf, die Augen jetzt voller Interesse, ein Lächeln auf den Lippen.

"Sehr gut. Ich stimme zu. Ich werde dir von der Legende von Kahudreth erzählen, und du ... erstens wirst du das nächste Mal nicht so lange weg sein. Du wirst mich ab und zu besuchen kommen, okay? Und Wenn Sie alles getan haben, um uns alle vor dem zu retten, was

Sie bereits wissen, geben Sie mir alle Details. Es könnte eine andere Legende geben, oder?"

"Deal", sagte er erleichtert, "ich verspreche es."

"Richtig", sagte sie strahlend und stand auf, ging ein kurzes Stück durch die Menge, bevor sie anhielt und sich zu ihm umdrehte. "Du kommst?"

"Kommst du wohin? Ich dachte du würdest ..."

"Ich denke, das ist eine Geschichte, die am besten privat erzählt wird, oder? Wenn man bedenkt, dass man mir nicht einmal sagt, warum man sie hören will. Ich kann es mir aber vorstellen."

"Ja natürlich." Er musste zugeben, dass das Sinn machte. "Dann...?"

"Also geh in mein Zimmer. Ich werde es dir dort sagen. Komm schon!"

* * *

Belit legte seine Laute vorsichtig auf einen gepolsterten Stuhl neben dem Bett, tätschelte sie fast ehrfürchtig, bevor er seine Weste entfernte und sie über die Stuhllehne drapierte.

"Was machst du?" Fragte Conan, als die Barde anfing, ihre Bluse auszuziehen.

"Müssen Sie fragen?"

Er runzelte verwirrt die Stirn.

Dies war nicht genau das, was er erwartet hatte.

"Du ich", sagte er, als würde er das Offensichtliche erklären, "in einem Raum mit einem bequemen Bett. Wie denkst du, würde es enden? Wir könnten es einfach loslassen."

"Ich dachte du wärst sauer auf mich", wagte sie es.

"Und ich bin!" Belit sagte und stemmte die Hände in die Hüften. "Du bist weggegangen und hast mich allein gelassen, weil? Warum hatten wir eine Affäre und du wolltest danach nicht darüber reden? Wenn ich natürlich sauer auf dich bin, wie sonst? Wie? Hölle wäre es nicht?

"Also, äh ..." Er ging schwach auf sie zu, die weiße Bluse baumelte an der Seite ihrer Schärpe.

"So dumm, du hast Jahre, um das wieder gut zu machen. Ich habe dir gesagt, dass ich wie du bin. Vielleicht ist es ein Teil von uns, ich weiß es nicht. Aber wenn du denkst, ich werde dich wieder gehen lassen nur indem du sagst, dass es dir leid tut, liegst du falsch. " Sie befreite sich von der anderen Seite ihrer Bluse und stellte sich auf ein Bein, um einen Stiefel auszuziehen. "Du wirst viel mehr tun müssen, um es wieder gut zu machen, vertrau mir."

Er hob eine Hand, als sie anfing, ihren anderen Stiefel auszuziehen.

"Entschuldigung, aber vielleicht später. Ausnahmsweise habe ich wirklich keine Zeit."

"Du hast keine Zeit?" Er ließ seinen Stiefel zu Boden fallen und trat mit blendenden Augen vor.

"Ich habe jemandem versprochen, dass ich das schnell machen würde", sagte er schwach, "erzähl mir einfach die Legende und ..."

"Du hast keine Zeit?" Wiederholte Belit, griff nach vorne und packte ihn am Gewand. "Nun, du hast besser die Zeit, weil ... weil ..." er zuckte ein wenig mit den Schultern, seine Stimme wurde ruhiger, "weil ich dich vermisst habe. Nicht nur dafür, obwohl die Göttin weiß, dass es etwas von dem besten war, was ich war Ich habe es jemals getan, aber weil du es bist. Du verstehst, was wir durchgemacht haben. Wir sind Halbelfen-Krieger. Du weißt, was das ist. Dass die Menschen um dich herum schneller altern als du. Wir könnten niemals eine normale Kindheit haben. lange keine Freunde, weil sie dich übertreffen, sich einfach von allem abheben, weil wir anders sind ... all das. Ich könnte mit dir reden und du würdest alles verstehen, was ich fühle. "

"Und es ist eine lange Zeit ohne all das gewesen, und ehrlich gesagt war ich seit ein paar Monaten nicht mehr mit einem Mann zusammen. Ich bitte Sie nicht um eine Verpflichtung, ich bitte Sie nicht einmal, wo Sie abholen sollen Wir haben aufgehört, aber jetzt. "Sie beugte sich zu ihm, ihr Atem war warm im Gesicht, als sie ihre Stimme zu einem heiseren Flüstern senkte." Ich bin so heiß, wie ich mich seit langer Zeit nicht mehr gefühlt habe. und es ist mir wirklich egal, wofür du die Zeit brauchst. Also ja. Wenn du diese Legende hören willst, musst du zuerst Frieden mit mir schließen. "

Ihre Lippen berührten seine.

"Bitte?"

Er antwortete und küsste sie sanft, um zu sehen, wie sie reagieren würde.

Sie verschmolz mit einem musikalischen Seufzer auf ihren Lippen und drückte sich gegen ihn, ihre Arme um seine Taille, ihre Zunge drückte sich in seinen Mund, ihr warmer Körper gegen seinen.

Sie blieben für einen langen Moment so, küssten sich nur, seine Hände erkundeten ihren Rücken durch den Stoff ihrer Bluse und machten sich wieder mit den liebevoll in Erinnerung gebliebenen Kurven vertraut.

Dann löste sie sich mit einem wilden Grinsen im Gesicht und trat ein paar Schritte zurück, bevor sie sich auf das Bett warf. Sie rollte sich herum, um ihn anzusehen. Lockiges Haar fiel über ihre Stirn, die Beine leicht auseinander, die bloßen Finger bewegten sich.

Conan knöpfte hastig seine Robe auf und warf sie weg, gefolgt von seinem Hemd, als er neben ihr auf das Bett kletterte.

Sie war eine schöne Frau, die er schon lange gekannt hatte, und obwohl er es genossen hatte, mit ihr zu schlafen, hatte er nie gewusst, wie sie reagieren würde.

Sicherlich schien sie zu der Zeit glücklich genug gewesen zu sein, aber er hatte sich damit nicht wohlgefühlt, nicht nachträglich.

Er sagte, er wolle keine Kompromisse eingehen, überlegte er, als seine Hände anfingen, über ihre nackte Brust zu streifen und ihre Nägel gerade so weit in ihr Fleisch zu graben, dass sie wahrgenommen werden konnten, ohne sie tatsächlich zu verletzen.

Vielleicht war sie wie er.

Immerhin teilten sie viel.

Er löste geschickt die Kordel ihrer Leggings und senkte sie über ihre Hüften.

Sie waren eng und sie wand sich ein wenig auf dem Bett, als er sie zurückschob und ihre langen Beine Zoll für Zoll enthüllte, bis sie sie schließlich auf die Füße ziehen und am Ende des Tages auf den Boden fallen lassen konnte Bett.

Er musste zugeben, dass seine Beine eines seiner besten Merkmale waren.

Sie waren anmutig und glatt, mit perfekten Waden und abgerundeten Schenkeln, einem langen Stück glatter, blasser Haut.

Er hob einen ihrer Füße an ihren Mund und küsste ihren Knöchel.

Sie wackelte mit den Zehen und lächelte dabei. Er bewegte sich auch, um sie zu küssen, saugte sanft an jedem, bevor er seine Nase über ihren Fuß fuhr und einen Kuss auf die weiche Stelle an ihrer Ferse drückte.

Belit stieß einen umstrittenen Seufzer aus, auf ihre unverwechselbare Weise, die es fast so klingen ließ, als würde sie leise singen.

Er hatte noch nie jemanden getroffen, der so offensichtlich dazu bestimmt war, Barde zu werden.

Seine Küsse bewegten sich jetzt über ihre Wade, seine Hände streichelten die glatte Haut, seine Zunge ragte heraus, um sie zu schmecken.

Seine Finger berührten ihren Knierücken, während seine Lippen immer ihren Körper bewegten und die gebogene Weite ihrer Schenkel ihn winkte.

Er veränderte seine Position, musste seinen Kopf jetzt näher an das Bett bringen und fuhr mit seiner freien Hand über ihr anderes Bein, während sich seine Küsse sehr langsam nach oben bewegten.

Seine linke Hand bewegte sich über ihre Hüfte, als seine Küsse den weißen Stoff von Belits Höschen erreichten.

Er konnte einen leichten feuchten Fleck zwischen ihren Beinen sehen, als er seine Zungenspitze über die Innenseite ihrer Schenkel fuhr.

Seine rechte Hand streichelte dabei das weiche Fleisch.

Er bewegte sich, bis er zwischen ihren Beinen kniete und aufstand, um die Weite ihres Bauches zu küssen, und drückte sanft die Bluse, um sie unter ihre Brüste zu stapeln.

Die Hand der Barde strich über ihre Haare und fuhr mit dem Zeigefinger über eines ihrer Ohrläppchen.

Er presste seine Lippen auf ihre Haut und ging wieder hinunter, bis sie den Saum ihres Höschens berührten.

Geschickt hob sie die Stoffkante mit dem Mund an, hielt sie mit den Zähnen fest, zog sie dann zurück und zog das Kleidungsstück nach unten, während sie ihr Gesäß bewegte, um es zu befreien.

Bald war Belits Höschen um ihre Schenkel und setzte ihr Geschlecht seiner Sicht aus.

Er ließ sie los, küsste die Haare auf ihrem Hügel und fuhr mit seinen Lippen von dort zu ihrem Nabel.

Sanft drückte sie ihren Kopf wieder nach unten und flüsterte "noch nicht".

Es war klar, was sie wollte, und er war mehr als glücklich, ihr zu gefallen.

Er küsste nacheinander die Innenseite jedes ihrer Schenkel, bewegte seine Hände, um ihr Gesäß leicht vom Bett zu heben, als sie ihre Beine spreizte, und bewegte dann eines über ihre Schulter.

Sie zuckte zusammen, als er ihr Geschlecht küsste, seine Zunge über den Schlitz fuhr und ihre geschwollenen Lippen mit seinem Mund fuhr.

Dann schob er seine Zunge hinein, umkreiste ihre Nässe klein und diskret, neckte sie, streichelte ihre Falten mit seinem Mund und brachte sie vor Vergnügen zum Weinen.

Dann bewegte er sich tiefer, leckte sie, schob seine Zunge in sie hinein, bewegte zuerst ihren Kitzler und saugte dann, als er sich gegen ihr Geschlecht drückte.

Er sah auf und sah, wie sich ihr Körper gegen die Laken wölbte und ihre freie Hand das Kissen über ihrem Kopf umklammerte, während die andere immer noch durch ihre Haare krabbelte.

Sie schrie und murmelte etwas, das er nicht hören konnte, zog ihr Hemd über den Kopf und ließ es auf die Seite des Bettes fallen.

Seine Hand bewegte sich von ihrem Kopf zu ihren kleinen, aber runden Brüsten, streichelte sie, streichelte ihre kleinen rosa Brustwarzen, während er kleine Seufzer der Ermutigung ausstieß.

Conan musste nicht ermutigt werden.

Sein Geschmack war auf seiner Zunge vertraut, sein Geruch in seinen Nasenlöchern vertraut und führte ihn zurück in die Zeit, bevor sie sich vor langer Zeit geliebt hatten.

Er wusste genau, was sie mochte, wie man sie zum Winden brachte, sogar wie man sie zum Betteln brachte, obwohl er es jetzt nicht versuchen würde.

Es war die erste Muschi, die er jemals probiert hatte, das erste Mal, dass er sich in eine Frau verliebt hatte, als er jung war, und diesmal hatte er sie nur mit seiner Zunge zum Orgasmus gebracht.

Als er ihre Schreie hörte, fühlte er sich jung und belebt und brachte ihn zurück in eine tröstliche Vergangenheit, noch bevor er Abenteurer wurde.

Er gab schließlich nach und ging auf die Knie, um ihren nackten Körper anzusehen, der unter ihm auf dem Bett ausgestreckt war.

Er zog seine Schuhe aus und fing an, seinen Gürtel zu öffnen, und sie setzte sich auf ihre Ellbogen, um ihm zu helfen, und zog ihre Hose über ihre Schenkel, um seine blühende Erektion freizulegen.

Ihre Hände liefen über ihn und er konnte die leichten Schwielen an ihren Fingerspitzen spüren, die Anzeichen dafür, dass sie Laute spielte.

Belit lächelte sie schnell an und strich einige ihrer Locken über ihre spitzen Ohrläppchen zurück. Ihr Gesicht war gerötet und ihre Augen weit aufgerissen.

Sie streichelte seine Eier in sanften Bewegungen und beugte sich vor, neckte seine Vorhaut und drückte einen Kuss auf den geschwollenen Kopf darunter.

Sein Schwanz zuckte zusammen und drückte sich gegen ihre weiche Wange, aber sie wich einfach zurück, legte sich wieder auf das Bett und starrte ihn mit in die Seite gestemmten Beinen an. Eine Hand teilte ihre nassen Schamlippen.

Conan zog seine letzte Kleidung aus und bewegte sich, hockte mit Händen und Knien auf ihr, ein Bein auf beiden Seiten seines Kopfes.

Dann senkte er sich und seine eigene Hand ersetzte ihre, um ihre Muschi zu untersuchen, während er mit seiner Zunge über ihre inneren Schenkel fuhr und sie schließlich wieder in den Sitz seines Vergnügens tauchte.

Die Barde stieß ein weiteres charmantes musikalisches Stöhnen aus und streckte die Hand aus, um sein Gesäß zu streicheln, bevor sie sich senkte, bis sein aufrechter Schwanz an ihrem Kinn ruhte.

Mit einer geschickten Bewegung hob er es an seinen Mund, ohne seine Hände zu benutzen.

Seine Lippen fegten zuerst über ihren Kopf und glitten dann höher, als er sich dankbar auf ihr Gesicht senkte.

Conan saugte abwechselnd am Kitzler des Kriegers und bewegte seine Zunge durch die Tiefen ihrer Muschi, wobei er sie gelegentlich mit einer Fingerspitze neckte.

Sein Stöhnen war jetzt gedämpft, sein üblicher Musikton wurde gedämpft, als er langsam seinen Schwanz zurück in ihren Mund schob, Speichel sie bedeckte und seine rosa Zunge sich fast um ihn wickelte.

Die Spitze war fast an ihrer Kehle, kurz bevor er sie zum Erbrechen bringen konnte.

Sie zog es heraus, aber nur um sie zu küssen und an ihren Bällen zu knabbern, bevor sie sie wieder hinein drückte.

Ihre Hände streichelten den Körper des anderen und fühlten jede vertraute Kurve.

Sie schien wirklich nicht gealtert zu sein, da ihr Mund hungrig das Geschlecht ihres Partners verschlang.

Belits Brüste drückten sich gegen den Bauch der Kriegerin, ihre Brust hob und senkte sich, als sie sich dem Vergnügen ergab.

Schließlich ließ er sich jedoch los und lag neben ihr auf dem Bett, während sie sich eine Weile ausruhten.

Schweiß bedeckte beide Körper und Belit lachte, als er gegen ihren Bauch blies, ein kalter Strahl gegen feuchte Haut.

Nach einer Weile rollte sie sich auf die Stirn, ihre Beine traten in die Luft, sahen ihn mit einem unterdrückten Lächeln an und zeigten ihre weißen Zähne, ihr langes Haar fiel auf das Kissen.

Er fuhr mit einer Hand über ihren Rücken, fühlte ihre Form, bevor er sie rieb und ihr Gesäß streichelte.

"Bereit für mehr?" fragte er und küsste ihren wohlgeformten Hintern.

"Mmm hmm" war seine einzige Antwort, aber er brauchte nichts anderes.

Er bewegte sich hinter ihr und streichelte ihre langen Beine, als er sie wieder spreizte.

Er drückte seinen Schwanz gegen ihre Muschi, rieb sich nur an ihr und spielte leise, als sie ihre Hüften zu ihm hob.

Er konnte nicht länger warten und schob sich schließlich zwischen ihre Lippen, was ein leises Stöhnen der Befriedigung hervorrief.

Er zog sich zurück und drückte erneut, diesmal begann er langsam und ließ sie anerkennend nach Luft schnappen.

Belit ging auf die Knie, Conan drückte sich immer noch langsam in ihre nasse Fotze hinein und aus ihr heraus.

Sie drückte eine Hand gegen die Wand, um sich zu stabilisieren, und schob die andere über ihren Bauch, um die Vorderseite ihres Schlitzes zu reiben, berührte und streichelte manchmal seinen Schwanz, während er sie weiter von hinten fickte.

Er hielt sie mit beiden Händen fest, als er seinen Schritt beschleunigte. Eine Hand streichelte eine perfekte Brust und rollte die rosa Brustwarze zwischen seinen Fingern.

Die bardische Frau schnappte nach Luft und weinte, als er sie weiter drückte.

Ohne die Notwendigkeit von Worten veranlasste ihn die Magie in ihrer Stimme, ohne weitere Ermahnung fortzufahren.

Sie beugte sich vor und knabberte an einem spitzen Ohr. Der baumelnde Ohrring flatterte gegen ihr Kinn.

Belits Schreie wurden lauter, ihr Körper krümmte sich in seinen Händen, ihr Rücken war weich an seiner Brust, ihre Brust hob sich in einer Hand, lange, wohlgeformte Beine packten seine, als sie ihre Hüften fester gegen ihn drückte und ihn noch weiter hinein zog.

Sie schrie seinen Namen und er verstärkte erneut die Bewegung seiner Stöße. Sein Fleisch pochte jetzt, als das Bett unter ihnen knarrte und wiederholt auf ihre eifrige Fotze schlug.

Belit stieß einen langen Schrei aus, die Tonhöhe änderte sich im Laufe ihrer Bewegung, und sie staunte darüber, wie musikalisch ihre Stimme auch jetzt noch tief in ihrer Leidenschaft klang.

Sie erreichten zusammen einen Höhepunkt, eine Explosion der Freude, und Belit rutschte von ihm ab, ließ sich auf die Bettdecke fallen und drückte das Kissen an ihre Brust.

Ein letzter Tropfen seines Spermas fiel auf einen Oberschenkel, bevor er sich wegrollte, um neben ihr zu keuchen.

Sie kam näher, küsste ihn und umarmte ihn an sich, als sie ihr Gesicht an seine Brust drückte.

"Oh, das war die Bezahlung genug", flüsterte er, "dir ist vergeben. Zumindest für den Moment."

"Danke", sagte er, "obwohl ich denke, wenn dies die Bestrafung ist, sollte ich dich vielleicht öfter enttäuschen."

Sie schlug ihn mit dem Kissen.

"Wagen Sie es nicht, Conan!"

"Das war ein Witz!" protestierte er lächelnd.

Sie sagte nichts anderes, sondern setzte sich neben ihn auf das Bett und sah auf seinen nackten Körper hinunter. Ihr Gesichtsausdruck war plötzlich ernst, als sie eine Haarsträhne aus ihrem verschwitzten Gesicht strich.

"Was?" er sagte.

"Erinnerst du dich, warum du hier bist?" sagte sie leise. "Es ist Zeit für dich, der Legende von Kahudreth zuzuhören ..."

KAPITEL XXXXII
CYPHIA

Kahudreth hob die Hand, um ihre Augen vor der Sonne zu schützen.

Das Land, durch das er reiste, war trocken und staubig, und er hatte seit Tagen keine Wolke mehr gesehen.

Ein kräftiger Strauch oder Weißdorn brach gelegentlich die Monotonie, aber dies war kein guter Ort zum Leben.

Nicht, dass es ihn interessierte, da Kahudreth ein Barbar war, der in einem nicht viel weniger harten Land geboren und aufgewachsen war, mit Fähigkeiten und Reflexen, die in einer gefährlichen Umgebung geschliffen wurden, um einer der besten Krieger seines Stammes zu werden.

Dieser Stamm war jetzt verschwunden, getötet von böser Zauberei, und Kahudreth durchstreifte allein die Welt, ein Wilder und Söldner, der nach Plünderungen und Reichtümern suchte.

Er war ein großer Mann, sechs Fuß vier Zoll groß, aber kräftig gebaut, mit breiten Schultern und prallem Bizeps.

Wie alle Menschen seines alten Stammes kleidete er sich besonders in dem heißen Klima dieses Landes wenig an, mit Lederstiefeln, einem breiten Gürtel um die Taille, einem dicken Lederlendenschurz und nichts weiter als einem Schwert und einer kleinen Tüte Proviant. an deinem Gürtel.

Die pralle Sonne schien auf seine nackte Brust, seine kräftigen Muskeln waren unter leicht gebräunter Haut gut ausgeprägt.

* * *

"Also, wann kommt dieser Typ genau? Ich meine, wann ist es passiert?"

"Unterbrechen Sie mich nicht. Alles wird klar sein."

***

Kahudreths Aufmerksamkeit hatte eine Rauchwolke am Horizont gefangen.

Es war wieder da, zeitweise, aber unbestreitbar real.

Er beschattete seine Augen und konnte eine Gruppe von Gebäuden in der Nähe der Rauchquelle erkennen.

Einige von ihnen könnten sogar Gebäude sein, obwohl nichts Großes.

Aber wer würde hier leben und warum mitten am Tag ein Feuer anzünden?

Es gab nicht genug Rauch, dachte er, um von Anzeichen der Zerstörung zu stammen, vielleicht von einer ausgebrannten Karawane.

Nein, er hatte einen anderen Reisenden oder einen Eingeborenen dieser öden Länder getroffen.

Wenn es das letztere wäre, könnte es zumindest Wasser geben.

Aber es könnte auch Ärger geben, und Kahudreth ging vorsichtig auf die mysteriöse Stelle zu. Ihre Augen und Ohren waren auf Anzeichen von Feindseligkeit aufmerksam.

Als er näher kam, sah er, dass es sich bei den scheinbaren Gebäuden nur um Ruinen handelte, einfache Steinstrukturen, die Anzeichen von jüngsten Brandschäden zeigten, und ein paar Trümmerblöcke in der Nähe.

Sie befanden sich auf einem Kamm und verdeckten das Gelände jenseits ihres aktuellen Blickwinkels.

Trotz der durch das Feuer verursachten Schäden konnte der Rauch jedoch nicht von einem großen Scheiterhaufen stammen. Tatsächlich sah es so blass und leicht aus, dass sie jetzt bezweifelte, dass es sogar von einem Lagerfeuer stammen könnte.

In der Tat ... war es Rauch oder zeitweise Dampfstöße?

Kahudreth erreichte die Spitze des Bergrückens, warf einen Blick auf die Ruinen, um sicherzustellen, dass sie leer waren, und blickte auf das Land dahinter.

Es gab eine Oase, Bäume und Vegetation in größerer Fülle, als er in vielen Reisetagen gesehen hatte, und, verstreut zwischen ihnen, ein paar weitere zerstörte Gebäude und kleine Wasserseen im Freien.

Die Züge, von denen er sicher war, dass sie jetzt Dampf waren, kamen von Rissen in den natürlichen Felsen, die hier und da verstreut waren.

Er griff in einen der kleineren felsigen Seen.

Das Wasser war warm und wurde möglicherweise von einer mysteriösen unterirdischen Quelle erwärmt.

Was würde den Dampf erklären, aber wäre das Wasser trinkbar?

Die Tatsache, dass es hier Bäume und Vegetation gab, deutete darauf hin, dass es vielleicht nicht zu giftig war, aber Kahudreth war kein Baum.

Die scharfen Augen des Barbaren sahen einen Fußabdruck auf dem staubigen Boden, und seine Hand griff nach seinem Schwert, plötzlich vorsichtig.

Als er sich umsah, konnte er mehr Fußabdrücke sehen.

Einige wurden mit rohen Sandalen hergestellt, andere schienen barfuß zu sein, größer als die meisten Männer, mit verlängerten Zehen, von denen der erfahrene Tracker wusste, dass sie nur eines bedeuten konnten.

Orks!

Er hörte einen Schritt hinter sich, drehte sich um und zog sein Schwert mit einer schnellen Bewegung aus der Scheide.

Ein Ork näherte sich ihm, schwang einen Krummsäbel und war mit zerlumptem Leder bekleidet, das nur minimalen Schutz bieten würde.

Es knurrte, große gelbe Reißzähne ragten aus seinen Kiefern, um es furchterregend aussehen zu lassen, aber für Kahudreth nicht beängstigend.

Er hatte schon oft mit Orks zu tun gehabt und immer gesiegt.

Er schlug die Waffe der Kreatur mit seiner eigenen beiseite und schnitt über ihre Brust, was eine tiefe Träne verursachte, die ihn vor Schmerz zischen ließ.

Für einen Moment senkte sich sein Krummsäbel und der nächste Schlag des Barbaren schlug ihm auf den Ellbogen.

Der Ork stieß einen scharfen, qualvollen Schrei aus, als er in einem Blutstrahl zu Boden fiel.

Plötzlich tauchten zwei weitere Orks auf und stürmten auf den Barbarenkrieger zu, als er sein blutiges Schwert bereit machte, sich ihnen zu stellen.

Er wich dem Schlag eines anderen Krummsäulers aus, während er den anderen Angreifer angriff, nur damit sein Schlag pariert werden konnte.

Er duckte sich und wirbelte herum, um den ersten Ork mit seinem Schwert zu schlagen. Er bekam ein befriedigendes Schmerzgrunzen, als er in die Seite der Kreatur biss.

Der Krummsäbel des zweiten Orks streifte sein Bein, eine kleine Wunde, die aber viel schlimmer hätte sein können.

Sie drehte sich zu ihm um, stieß einen lauten Schlachtruf aus und zwang ihn mit einer Reihe von Schlägen zurück, die sie kaum blockieren konnte.

Bei aller Konzentration darauf, sich gegen Kahudreths Angriff zu verteidigen, stolperte der Ork über einen unsichtbaren Felsen und gab dem Menschen jede Chance, seine Waffe gegen die wehrlose graugrüne Haut auf seinem Bauch zu stechen.

Kahudreth drehte sich mit pantherartiger Anmut um und hob sein Schwert zu dem verwundeten Ork, der jetzt hinter ihm kam. Die Spitze seines Schwertes durchbohrte seine Kehle und warf ihn nieder.

Er konnte bereits mehr Orks aus dem Nichts sprießen sehen und er konnte nur vermuten, dass sie sich irgendwo unter der Erde befunden hatten, als er ankam.

Sein Lächeln, als er auf sie zu lief, war wild, und bald kollidierte Stahl mit Stahl, als die wilden Humanoiden versuchten, die tobende Kraft der Natur zu beseitigen, die sie entfesselt hatten.

Die Orks waren geschickte, harte und belastbare Krieger, aber obwohl sie zahlenmäßig unterlegen waren, waren sie Kahudreths Wildheit und mörderischen Instinkten nicht gewachsen.

Bald blieb nur noch ein Ork stehen, die anderen waren tot oder starben zu Kahudreths Füßen, aber während der Barbar blutig war, bemerkte er kaum den Schmerz seiner wenigen Wunden.

Der letzte Ork, ein schlankeres und jüngeres Exemplar als die, die er bereits besiegt hatte, hatte offensichtlich mehr gesunden Menschenverstand und schoss ab.

Kahudreth jagte ihm nach, sprang über die Leichen der Gefallenen und sah ihn in einer Öffnung an der Seite eines der zerstörten Gebäude verschwinden.

Ohne nachzudenken, folgte sie ihm hinein und ihre Augen gewöhnten sich schnell an die Dunkelheit.

Er sah, dass er oben auf einer Steintreppe stand, die in unbekannte Tiefen hinabstieg.

Er ging zum Fuß der Treppe hinunter, nur von einem Lichtblitz von oben beleuchtet.

Zuerst konnte er den Ork nicht sehen, aber dann erschien ein mürrisches Gesicht vor ihm, das aus einer verborgenen Nische auftauchte.

Der Raum war zu klein, als dass einer von ihnen mit ihren Schwertern kämpfen könnte, und die Kreatur hatte ihn mit einem Dolch angegriffen.

Er ergriff seine Faust, bevor sie ihn treffen konnte, und schlug den Ork gegen den kalten Stein des Korridors.

Sie standen sich gegenüber, der Atem des Orks brannte auf seiner Haut, seine gelben Augen starrten ihn an, seine Reißzähne schnitten Zentimeter von seiner Haut ab, als er seinem Knurren begegnete.

Sie kämpften um die Kontrolle über das Messer, die Arme in einem Kampf der Stärke eingeschlossen, die Beine gegeneinander mit wenig Wirkung getreten.

Kahudreth war der Stärkste, und der Ork zischte überrascht, als sich der Dolch in seiner Brust verheddterte.

Er versuchte, die Verwicklungswaffe fallen zu lassen, aber der Barbar war zu schnell, fing sie auf und stach sie zwischen die Rippen der Kreatur, um sie mit einem einzigen Stich ins Herz für immer zum Schweigen zu bringen.

Er ließ den Ork los, der die Wand hinunterrutschte, bereits tot, als sich Blut um ihn sammelte.

Kahudreth erstarrte, hielt den Atem an und senkte sich von der tierischen Wut, die während des Kampfes durch seinen Körper raste.

Der Instinkt hatte übernommen und ihm erlaubt, eine Spur von Gemetzel hinter sich zu lassen, ohne von vernünftigeren Gedanken abgelenkt zu werden.

Jetzt hatte er Zeit nachzudenken und sich zu fragen, wo er war.

Er stand in einem steinernen Durchgang, der besser gebaut war, als man es von den Orks erwarten würde, obwohl unklar war, ob ihnen geholfen oder einfach von einem Vorbesitzer genommen worden war und er ihn weiterhin benutzen konnte.

Seine Augen fingen einen Lichtblitz von irgendwo dahinter ein und er reflektierte, dass sogar Orks Beleuchtung brauchten, um zu sehen, wenn auch nicht so viel wie Menschen.

Hier unten könnte es mehr geben, oder zumindest könnten Sie Beute von ahnungslosen Handelskarawanen oder früheren Bewohnern des Geländes bekommen.

In jedem Fall musste er die Passage erkunden und sehen, wohin sie führte.

Nachdem Kahudreth ihr Schwert gereinigt hatte, ging sie den dunklen Korridor entlang und achtete auf Anzeichen weiterer Orks.

Bald kam er zu einer Gabelung, aber das Licht kam nur aus einer Richtung, also war es die, die er nahm.

Es wurde schnell klarer, bis er einen Bogen vor sich sehen konnte.

Das Leuchten dahinter war stetig und golden, vielleicht das Ergebnis eines Zaubers eines Zauberers und nicht des wahren Feuers.

Er näherte sich dem Bogen und sah nichts als eine Steinmauer auf der anderen Seite der Kammer.

Aber es gab ein Geräusch, als würde sich jemand aus seinem Sichtfeld herausbewegen.

Er hob sein Schwert und sprang in den Raum, bereit anzugreifen.

Es wurde nicht von einem Schrei eines Orks begrüßt, sondern von einem Kreischen weiblicher Angst.

Die Kammer war übersät mit Ork-Bettwäschesäcken und -vorräten, aber ihr einziger Bewohner war eine menschliche Frau, die in einer Ecke zusammengekauert war.

"Bitte verletzt mich nicht!" schrie er und bedeckte seinen Kopf mit seinen Händen und seine Knie gegen seine Brust gezogen.

"Bist du ein Gefangener der Orks?"

Sie nickte und unterdrückte ein Schluchzen.

"Sie wollten mich töten, da bin ich mir sicher! Oder ... oder schlimmer. Bitte tu mir nicht weh!"

"Fürchte dich nicht, schöne Frau", informierte er sie, "denn ich bin Kahudreth der Mächtige und ich bin gekommen, um dich zu retten!"

* * *

"Was, hat er wirklich so geredet?"

"Supossely Ja."

* * *

"Oh, danke! Danke!" Sie stand auf, große Erleichterung im Gesicht.

Kahudreth konnte nicht anders, als zu bemerken, dass sie eine wohlgeformte Frau war, obwohl sie schlank und schwach war, wie es zivilisierte Frauen früher waren.

Er hatte langes schwarzes Haar, das einen scharfen Kontrast zu auffallend blasser Haut und klaren blauen Augen bildete.

In Anbetracht ihrer Tortur war ihre Kleidung in einem sehr guten Zustand, mit einem langen schwarzen Rock, der zur Seite geschnitten war, um ein wohlgeformtes Bein, ein tailliertes Oberteil und ein tief geschnittenes ärmelloses Oberteil zu zeigen, das ebenfalls schwarz war und eine Dekolleté zeigte.

Die Orks hatten nicht einmal die Silber- und Smaragdkette entfernt, die um seinen Hals befestigt war.

Vielleicht hatten sie noch keine Zeit gehabt.

"Wie viele Orks gab es?"

"Acht, das habe ich gesehen. Aber sie könnten Gefährten an anderen Orten haben, also müssen wir schnell gehen!"

Kahudreth erkannte, dass sie tatsächlich keine Ahnung hatte, wie viele Orks sie gerade getötet hatte.

Er hatte nicht genau gezählt, obwohl er sich ziemlich sicher war, dass es mindestens sechs waren.

Wenn sie dennoch einen Schatz hatten, war er nicht hier, also sollten sie vielleicht jetzt gehen und er konnte entscheiden, was er sonst tun sollte, wenn er mehr gelernt hatte.

"Sehr gut", sagte er, "bleib in meiner Nähe und ich werde dich von diesem Ort wegbringen."

Sie rannte schnell zu ihm und sah ängstlich den Flur hinunter, den sie betreten hatte.

Im Moment schien es dort keine Orks zu geben.

"Danke, Kahudreth", sagte sie, "ich werde sehr dankbar sein, wenn ich frei bin. Sehr dankbar!" Sie legte eine Hand auf seine nackte Brust und beugte sich näher, als wollte sie ihn küssen.

"Dafür wird Zeit sein ...", begann er, als sie ihm eine Handvoll weißes Pulver ins Gesicht warf.

"Was bist du ... ugh ..."

Kahudreth spürte, wie ihre Knie schwächer wurden und ihr Kopf anfing sich zu drehen.

Er sah die Frau verwirrt an, als sich die Welt um ihn drehte.

Sein Schwert hallte wider, als es zu Boden fiel und plötzlich seinen zitternden Fingern entkam.

Sekunden später fiel er bewusstlos zu Boden.

* * *

Als er zu kam, war Kahudreth an eine Wand gekettet.

Die Kette war schwer, eng um seine Brust und an der Wand befestigt, so dass er fast keine Chance hatte, sich zu bewegen.

Seine Hände waren vor ihm von einer kleineren Kette gefesselt, und selbst wenn er nicht entwaffnet worden wäre, hätte er kaum etwas tun können, um zu kämpfen.

Er befand sich in einer hohen, gewölbten Kammer, die viel größer war als die, die er zuvor gesehen hatte.

Und er war nicht allein.

Die erste Person, die er bemerkte, war natürlich die Frau, die ihn anlächelte, als er den Kopf schüttelte, um die neueste Fortsetzung der magischen Droge abzuwischen.

Er erkannte, dass er dumm gewesen war, so leicht gefangen zu werden.

Immerhin war sie in einem weitaus besseren Zustand gewesen als jeder echte Gefangene der Orks.

Seine Augen wanderten von ihr zu seinem Schwert, das nur einen Fuß entfernt lag, obwohl es genauso gut eine Meile entfernt gewesen sein könnte, und dann zu dem anderen Menschen, der bei ihnen war.

Er war ein großer Mann, wenn auch nicht so groß wie Kahudreth selbst und bemerkenswert dünn und blass.

Er trug lange schwarze Roben mit lila Verzierungen und war mit arkanen Symbolen verziert, die seinen Beruf ohne Zweifel klar machten.

"Ich sehe unseren Gefangenen wach", sagte der Mann, "gute Arbeit, Cyphia, es wird uns heute Abend von großem Nutzen sein. In der Tat segnen die höllischen Kräfte unsere Gesellschaft." Er sah Kahudreth an: "Wisse, Barbar, dass du der Gefangene von Magrorn Cthare Modrun bist, dem abtrünnigen Zauberer und Diakon von Drunna."

* * *

"Ist ernst?"

"Oh halt die Klappe. Es werden einige große Dinge passieren."

* * *

"Wisse diesen Zauberer, dass ich verpflichtet bin, dir zuzuhören, denn ich würde dich töten, wo du stehst, wenn ich frei wäre."

"Und doch bist du nicht frei! Nein, du bist mein Gefangener, und doch hast du ein größeres Vermögen, als du wissen kannst. Denn heute Abend wirst du Zeuge meines endgültigen Triumphs sein! Die Zeremonie ist vorbereitet, wie du sehen kannst, und heute Nacht. Die Zeichen am Himmel werden für die Vollendung und die Ankunft von ... richtig sein. "Er hielt dramatisch inne." Die Gegenwart! "

"Was ist das dann?"

"Oh, du wirst sehen, Kahudreth der Barbar in Fesseln! Du wirst sehen."

Kahudreth starrte den Mann wütend an, aber im Moment konnte sie wenig tun. Die Ketten waren einfach zu sicher.

Was sie an ihm sehen konnte, war zweifellos ein Zeichen einer bösen Zeremonie.

In der Mitte des Raumes befand sich ein Altar mit einem bösartig aussehenden Messer und einer Schüssel, von der er befürchtete, sie könne zum Sammeln von Blut verwendet werden.

Neben ihnen befand sich ein seltsames Metallzepter, geschmückt mit Runen und scharfen Dornen.

All diese Dinge waren Anzeichen für schlechte Absichten genug, aber die Kammer enthielt auch drei andere Orks.

Sie waren anders als die, die er getötet hatte, zumal sie alle Frauen waren.

Vielleicht hatte er alle Männer getötet, und nur seine Frauen blieben übrig.

Aber auf jeden Fall waren sie so fest gebunden wie er, ihre Arme und Beine mit schweren Seilen und mit Lederknebeln im Mund gefesselt.

Alle drei sahen so wild und wütend aus wie ihre Männer; Sie könnten es unter den gegebenen Umständen genauso gut sein.

Er bemerkte, dass zwei kurze dunkle Lederkleider trugen, die mit groben Stammeszeichen und Halsketten aus Tierzähnen um den Hals verziert waren.

Der andere war, soweit er sehen konnte, der jüngste der drei, obwohl ihre grünliche Haut und ihr wildes schwarzes Haar ihre nichtmenschliche Natur deutlich betonten.

Sie war eindeutig einmal wie die anderen angezogen gewesen, aber vielleicht hatte sie mehr gekämpft, weil ihre Kleidung zerrissen war, ihr Rock fehlte und ihr Oberteil lose zur Seite hing, um eine schlaffe grüne Brust freizulegen.

Seine gefesselten Beine wurden fest gegen ihren Körper gedrückt und versteckten einen Großteil von ihm vor der Sicht.

Als er jedoch seine Position leicht veränderte, stellte Kahudreth zu seiner Überraschung fest, dass sein haariges Gesäß nackt war und er anscheinend keinen Lendenschurz trug.

"Nun, wer kann mir die Schuld geben?" fragte die Zauberin und sah die Richtung ihres Blicks. "Eine gefesselte und hilflose Frau, besonders eine, die so stolz und wild wie ein Ork ist? Keine Gelegenheit, die man verpassen sollte. Oh, Sie müssen den Ausdruck auf ihrem Gesicht gesehen haben!"

Kahudreth bemerkte den angewiderten Blick, den die Frau Cyphia ihrem Partner zuwarf, aber der Zauberer bemerkte es anscheinend nicht.

"Aber mir wird gesagt, dass du alle anderen Orks getötet hast, die mir zur Verfügung stehen", fuhr Magrorn fort, "was ein Ärgernis ist, aber bei weitem nicht so viel wie zu einem anderen Zeitpunkt. Allerdings brauche ich möglicherweise neue Krieger. a Wenn dies vorbei ist, würden Sie wahrscheinlich nicht in Betracht ziehen, sich mir anzuschließen. Ich weiß etwas über Ihr Volk und ich weiß, welche Eide Sie leisten müssten, um sich selbst zu ehren und verpflichtet zu sein, mir zu dienen. Denken Sie also nicht darüber nach tu so als ob. Aber schwöre deine Treue und du wirst unvorstellbar belohnt. Was sagst du? "

Kahudreth spuckte aus.
"Glaubst du, ich bin dumm, Zauberer?"
"Nun, die Idee war mir gekommen, ja."
"Ich werde niemals jemandem wie dir dienen!"
Der Zauberer zuckte die Achseln.
"Na ja, es war nur eine Idee. Es hat nicht geschadet, es zu versuchen."

"Die Zeit kommt, mein Herr", sagte Cyphia und sprach zum ersten Mal seit Kahudreth aufgewacht war.

"Tatsächlich", schrie der Zauberer, "fangen wir an!"

Er hob die Arme in die Luft und mit einer Geste begann das Licht im Raum zu verblassen.

Irgendwo außerhalb von Kahudreths Sicht muss es verzauberte Lichtquellen geben.

Dann begann sich die Gewölbedecke zu kräuseln.

Der gefangene Krieger blickte erstaunt auf, als die Decke zu verschwinden schien und einen freien Blick auf einen mondlosen Nachthimmel bot.

Der Zauberer machte sich auf den Weg zum Altar und zu einer der älteren gebundenen Orkfrauen.

"Nimm ihre Beine", sagte er zu Cyphia und zusammen stellten sie den Orca auf den Altar.

Die grünhäutige Frau schlug um sich und versuchte, ihre Beine zu treten und sich vom Altar zu werfen. Gedämpfte Geräusche, die wütende Flüche hinter dem Knebel gewesen sein könnten, aber sie konnte nichts tun.

Der Zauberer griff nach dem Messer und hob es über seinen Kopf, bevor er es kräftig senkte und einen Strahl dunklen Blutes erzeugte.

Die beiden anderen Killerwale schrien empört, so viel sie konnten hinter den Kiefern.

Bald hatte das Opfer seine Bewegungen eingestellt und Magrorn begann glücklich Zeichen auf seinen Körper zu schnitzen, bevor er die blutige und verstümmelte Leiche vom Altar zog.

Die Schreie des zweiten Opfers waren eher lauter und länger als die des ersten.

Sogar Kahudreth, die Orks nie als etwas anderes als Monster angesehen hatte, schloss die Augen, um den Blick auf den schrecklichen Anblick zu versperren.

Cyphia schien auch etwas verstört zu sein, dachte er, obwohl er eindeutig entschlossen war, die Tat auszuführen.

Aber Magrorn Cthare lachte vor Freude, als er arbeitete und schwelgte in dem Gemetzel, das er verursachte.

Und Kahudreth konnte nichts tun, um ihn aufzuhalten.

Er öffnete seine Augen wieder, als ein orangefarbenes Licht auf sie zu scheinen begann und er fühlte Hitze auf seiner Haut.

Hinter dem Altar erschien eine feurige Lichtscheibe, die das böse Menschenpaar gegen sein Leuchten umriss.

Es wurde einen Fuß breit und schlug langsam, und der Barbar glaubte, das Schlagen eines fernen Herzens hören zu können.

"Die Präsenz kommt!" Der Zauberer schrie: "Das Portal beginnt sich zu öffnen!"

Er rollte die zweite Leiche vom Altar.

"Lass uns das dritte Opfer bringen!"

Das Paar packte den verbliebenen Killerwal, der zu zittern schien, und rezitierte immer wieder etwas unter dem Knebel. Die gelben Augen weiteten sich vor Angst, aber sie schrien nicht wie die anderen.

Kahudreth konnte jetzt sehen, dass sie, wie er vermutete, von der Taille abwärts nackt war. Das orangefarbene Licht erlaubte ihm, sichtbare Kratzspuren um ihre Hüften und Brüste zu sehen.

"Oh, ich wünschte wir hätten mehr Zeit", sagte der Zauberer, als sie sie auf den Altar legten.

Anscheinend war sie bereits mit ihrem Schicksal abgefunden, aber sie sah, dass sein tierisches Gesicht von unbeschreiblichem Hass erfüllt war.

"Wer hätte gedacht, dass die Muschi eines Orcas so heiß sein könnte?"

Er lachte spöttisch, hob das Messer und senkte es.

Die Lichtscheibe wuchs und nahm dramatisch an Größe zu, bis sie mehrere Fuß breit war.

Jenseits war nichts als Flammen, obwohl sich eine Form nach innen bewegte, zu dunkel oder vielleicht zu flüchtig, um Details zu erkennen.

Der Klang des Herzschlags war jetzt klarer und erfüllte den Raum mit seinem gleichmäßigen Rhythmus.

"Du hast mir gute Dienste geleistet", sagte Magrorn zu seinem Begleiter, "für das Versprechen von Macht jenseits aller Vorstellungskraft. Bald wird die Gegenwart hier sein und ein Reich dämonischer Macht in der materiellen Welt errichten, das für alle

Ewigkeit andauern wird. Die Dämonen werden es tun." Gehen Sie offen durch die Trümmer, und ich werde ihr Hohepriester, ihr Hauptdiener, der mächtigste und gefürchtetste Sterbliche auf der ganzen Welt sein! Und Ihnen erinnere ich mich, was ich Ihnen im Austausch für Ihre Treue versprochen habe. Unbegrenzt. " .

Er machte eine Pause und lächelte, als würde er sich an etwas erinnern.

"Oh ja, noch eine kleine Anforderung, bevor die Präsenz physisch in die Welt kommt. Ich hätte es bei all der Aufregung fast vergessen. Ja, ein kleines Detail ... ich brauche ein wenig ..." Er hob seine Hände mit dem Zepter in ihnen und eine Explosion von blau-weißen Blitzen schoss aus ihm heraus, traf Cyphia und warf sie mit aller Kraft durch den Raum. "... Verrat!"

Manisch lachend nahm der Zauberer das jetzt blutige Zepter vom Altar und hob es über seinen Kopf.

Kahudreth versteifte sich gegen die Ketten, aber sie waren so stabil wie zuvor.

Er warf einen Blick durch den Raum und sah, dass Cyphia dort lag, wo sie gefallen war, und ihren Kopf in seine Richtung schüttelte.

Sie war nicht tot, aber wie konnte sie ihm helfen?

Die Antwort kam eine Sekunde später, als die dunkelhaarige Frau einen Zauber sprach und die Finger in ihre Richtung zeigten, als sie schnell eine komplexe Geste bildeten.

Mit einem leisen Klicken hielten ihn die Bolzen los, und Kahudreth war frei und griff schnell nach seinem Schwert.

"Es kommt! Es kommt!" Magrorn Cthare schrie triumphierend, starrte auf das Portal und sah nicht, was hinter ihm geschah: "Nichts kann mich jetzt aufhalten! Nichts!"

Kahudreth stieß ihr Schwert mit aller Kraft von hinten in die Brust des Zauberers.

"Oh, aus Liebe zu Gott ...", knurrte der Zauberer, bevor er tot zu Boden fiel.

"Wirf das Zepter durch das Portal!"

"Was?" Fragte Kahudreth verwirrt.

"Wirf es ins Feuer!" Cyphia wiederholte: "Solange es hier ist, kann die Präsenz noch vorbeigehen. Wir müssen es dorthin schicken, wo es herkommt, oder wir sind alle zum Scheitern verurteilt."

"Aber du bist auf seiner Seite ... ähm, richtig?"

"Nicht mehr! Jetzt lass das verdammte Ding fallen, du Idiot!"

Kahudreth dachte eine Sekunde über ihre Optionen nach.

Was er sagte, machte Sinn, und es schien sicher nicht so, als hätte Magrorn beabsichtigt, das Zepter irgendwohin zu werfen, also war es nicht so, als würde er ihn dazu verleiten, die Zeremonie in seinem Namen abzuschließen.

Kahudreth setzte darauf, dass der Verrat des Zauberers tatsächlich Cyphias Meinung geändert hatte, und tat, was ihm gesagt wurde. Er hob das Zepter auf und warf es in das feurige Portal.

Es gab ein Knallen und einen Lichtblitz, als das Portal verschwand.

Seltsamerweise setzte das Zepter seinen Flug durch die Luft fort und kollidierte mit dem Stein, der sich hinter dem Portal öffnete, als der Raum in fast völlige Dunkelheit versank.

"Zu spät!" Die Frau stöhnte, bevor sie sich zusammensetzte: "Nun, zumindest kann er nicht ohne eine weitere Zeremonie auskommen. Er ist jetzt auf halbem Weg zwischen seiner und unserer Welt gefangen, und dieses Zepter ist der Schlüssel, um ihn zu befreien. Wir müssen ihn nehmen mit uns."

"Es ist eine böse Sache!"

"Dann gib es mir. Du kannst es später zerstören, wenn du willst, aber wir können es nicht hier lassen."

"Kannst du gehen? Es wundert mich, dass jemand die Magie überleben kann, die er auf dich gewirkt hat."

"Dieses Mieder ist verzaubert von Verteidigungsmagie. Er wusste es nicht. Idiot. Er hätte wissen sollen, dass ich ihm niemals vertrauen würde. Jetzt lass uns gehen! Die Illusion des offenen Himmels", zeigte er, "wird es nicht dauert viel länger, und dann haben wir nicht einmal Sternenlicht. "

Seine Warnung war gut begründet.

Er hatte kaum Zeit gehabt, das Zepter anzuheben, bevor die Decke verschwand und der Raum sich verdunkelte.

So wie es war, stolperten sie mehrmals, bevor sie die Tür fanden.

Von diesem Moment an musste Cyphia ihn führen und sich so gut sie konnte an seinen Weg durch die unterirdischen Gänge erinnern: Welche Magie sie auch kannte, sie enthielt anscheinend keine Lichtzauber.

Sein Gedächtnis war jedoch nicht das beste, und er fand es offensichtlich schwierig, sich zu orientieren.

Er glaubte einmal Wind zu spüren und drehte sich in diese Richtung, in der Hoffnung, dass es zum Ausgang gehen würde, aber sie warnte ihn fest, wegzukommen und bestand darauf, dass es nur eine Falle in dieser Richtung gab.

"Es ist so, folge mir."

"Ich kann dich nicht sehen".

"Dann folge meiner Stimme. Wenn ich mich richtig erinnere, ist es nur ein ..." Sie stieß einen hohen Schrei aus, als sie mit einem lauten Spritzer in etwas fiel.

Nach langem Spritzen konnte Kahudreth einen ihrer Arme ergreifen und sie aus dem Wasser ziehen.

"Ich habe es fallen gelassen!" Sie stöhnte. "Ich habe das verdammte Zepter fallen lassen! Wir müssen es finden."

"Vergiss es", sagte er fest und hielt immer noch ihren Arm, "es ist völlig dunkel und es ist genauso sicher, sich in diesem Pool oder was auch immer zu verstecken, wie es irgendwo sein wird. Ich schlage vor, wir verlassen diesen verdammten Ort."

"Aber wenn jemand es findet ..."

"Es ist unwahrscheinlich, selbst wenn sie wissen, was sie damit anfangen sollen. Jetzt komm schon!" Er zog an ihrem Arm und schob sie weg. "Welcher Weg ist es? Sag es mir!"

* * *

Cyphia zitterte in der kalten Nachtluft und schlang die nackten Arme um ihre Beine.

"Nun, wir sind frei von diesem Ort", sagte er, "aber was machen wir jetzt?"

"Am Morgen gehen wir", informierte ihn Kahudreth, "ich kann mich leicht durch diese Überreste finden."

"Muss ich in diesem Kleid den ganzen Weg laufen?"

"Ich glaube schon."

Sie zögerte.

"Ich kann spüren, dass ein langer Weg vor uns liegt. Könnten Sie nicht ein Pferd mitgebracht haben oder so?"

"Und du konntest nicht?" Sie hat nichts gesagt. "Bist du sicher, dass es keine Orks mehr gibt?"

"Nein, sie sind definitiv alle tot. Du hast die meisten von ihnen selbst getötet."

"Gut. Dann wird es niemanden geben, der uns stört", sagte er und stand auf.

"Äh, nein, ich denke nicht. Warum, was hast du vor?"

"Du hast gesagt, du wärst dankbar, wenn ich dich retten würde. Ich habe getan, was du von mir verlangt hast."

"Ich habe das gesagt, um die Chance zu bekommen, dich zu betrügen. Und es ist nicht so, dass ich undankbar bin. Wir wären beide tot, ohne die Hilfe des anderen."

"Dann werden wir Ihre Entscheidung feiern, das Böse aufzugeben!" Sagte Kahudreth, schnallte ihren Gürtel ab und warf ihn beiseite. "Denn ich, Kahudreth der Mächtige, bin sowohl in der Kunst der Liebe als auch in der des Kampfes gut ausgestattet. Was sagst du, dunkle Dame?"

"Was?" sagte sie und erkannte plötzlich seine Absicht: "Ist das deine normale Art, Frauen zu umwerben?"

"Ich finde es erfolgreich unter den Stämmen", antwortete er ein wenig ratlos über seine Reaktion. "Sind zivilisierte Menschen sehr unterschiedlich?"

"Sie sind im Allgemeinen weniger kraftvoll."

"Oh. Nun, ich bin nicht wie dein toter Zauberer. Ich mag es nicht, jemanden zu nehmen, der nicht will. Also kannst du vielleicht deine Meinung ändern?"

Sie verdrehte die Augen.

"Vielleicht, wenn ich dich wenigstens einmal kennengelernt habe?"

Kahudreth erwog diese Möglichkeit, fand es jedoch ziemlich vergeblich, das Unvermeidliche, das Lächerliche, was zivilisierte Menschen früher taten, aufzuschieben.

Der barbarische Lebensstil war immer viel einfacher.

"Es gibt nur eine Sache, die du wissen solltest, dunkle Dame Cyphia", informierte er sie, warf seinen Lendenschurz weg und zeigte seinen Blick. "Siehe", sagte er, "die Macht von Kahudreth!"

"Oh, um Gottes willen! Müssen Sie so sein ...?" Er machte eine Pause, bevor er etwas widerstrebend hinzufügte, "obwohl ich fairerweise zugeben muss, dass es sich lohnt, damit zu prahlen."

Sie saß da und setzte sich auf seine Schenkel, den Rücken gegen eine zerstörte Steinmauer, ihre Augen auf seinen steifen Schwanz gerichtet.

Er hatte noch wenig Erfahrung mit zivilisierten Frauen, aber er bezweifelte, dass sie so sanftmütig und höflich waren, halbnackt wie in voller Kleidung.

Ich hatte gehofft, die Theorie zu testen.

"Oh was zum Teufel ... wir machen es so wie du willst", sagte er schließlich und beugte sich vor, um seine Erektion zu ergreifen.

Sie drückte ihr Gesicht gegen ihn und leckte seine Eier mit ihrer Zunge, dann ...

* * *

"IST DIESER Teil der Legende?"

"Ich bin eine Barde, also übertreibe ich ein bisschen. Der Legende nach haben sie sich im Mondlicht geliebt, und ehrlich gesagt kenne ich mein Publikum und beschäftige mich mit den Teilen, von denen ich weiß, dass sie sie mögen. Komm schon, obwohl ich es nicht tue. Ich kann diese Art von Geschichte oft erzählen. "

"Es tut mir leid, mach weiter wie du willst. Ich höre weiter zu."

* * *

Cyphia hielt immer noch seinen Schwanz und saugte an Kahudreths schweren Bällen, schob jeden in ihren Mund und fuhr mit ihrer Zunge sanft über seine Haut.

Der Barbar seufzte und schloss die Augen, ließ sie weitermachen.

Jetzt leckte er die Länge seines Schwanzes und drückte seine Lippen und Zunge gegen seine freiliegende Spitze, während er vor Vergnügen knurrte.

Seine Augen öffneten sich, als sie aufstand und ihr langes schwarzes Haar über die Schulter warf.

Auch er stand auf und drückte sie fest gegen die Wand, drückte seine Lippen gegen ihre und erstickte sie mit leidenschaftlichen Küssen, als sie freundlich antwortete. Seine Hände packten jetzt ihren muskulösen Rücken.

Er wollte das Kleid von ihrem Körper reißen und sie zitternd und nackt in der kühlen Nachtluft zurücklassen, als er sie fickte ... aber mit der Zeit wurde ihm klar, dass sie anscheinend nichts anderes zum Anziehen hatte, es sei denn, sie kehrten in die Dunkelheit von zurück die Höhle unten, um nach etwas zu suchen.

Cyphia rang mit der Oberseite ihres Kleides und zog ihre Arme um ihre Schultern, als Kahudreths Hand ihren Hintern und ihre Schenkel streichelte und Küsse von oben über ihr Gesicht regnete.

Er dachte, sie müsse auf Zehenspitzen stehen, um ihn zu erreichen, da er so viel größer war als sie.

Sobald ihre Arme frei waren, nutzte die Barbarin die Gelegenheit, um das Oberteil ihres Kleides herunterzuziehen und es über ihr Oberteil zu legen, während ihre schweren Brüste aus ihrer Haft entlassen wurden.

Seine Hand sprang von ihren Beinen zu den exponierten Hügeln, die im doppelten Mondlicht weiß schimmerten und deren Haut so viel blasser war als ihre.

Er knetete sie, drückte sie und spürte jeden Zentimeter ihrer glatten Textur unter seinen rauen Fingern. Sein Blick hob sich manchmal, um ihr Gesicht zu treffen, als die dunkle Zauberin vor Erwartung nach Luft schnappte.

Sein nächster Schritt war der Versuch, ihr Mieder zu entfernen, und er bemühte sich, die Bänder zu finden, die es hielten, bevor sie seine Hand so fest wie möglich ergriff und sie wegzog.

"Nein", sagte er, "das ist mein Schutz, erinnerst du dich? Es bleibt an. Auch jetzt noch."

Er zuckte die Achseln und fand es seltsam, aber nicht übermäßig besorgt, seine Entscheidung in Frage zu stellen.

"Aber dein Rock ist nicht richtig?"

Er packte sie und versuchte sie von seinen Hüften zu befreien. Diesmal half sie ihm und löste den versteckten Verschluss.

"Nein, der Rock ist kein Problem", bestätigte sie außer Atem.

Es war an Kahudreth, vor ihr zu knien, und er ergriff ihre blassen Schenkel in seinen Händen und seine Augen wanderten zu ihrem Höschen, das so schwarz war wie der Rest ihrer Kleidung.

Er massierte ihre Kniekehlen und bemerkte, wie ihre Beine zitterten. Dabei lehnte sie sich fester an die Wand und spreizte ihre Schenkel, um ihm einen klareren Zugang zu ermöglichen.

Sie musste sie wieder zusammensetzen, als er ihr Höschen um ihre Knie zog, aber dann gelang es ihr, ein Bein zu befreien und das dünne Kleidungsstück um ihren anderen Knöchel gleiten zu lassen.

Er trug immer noch schwarze kniehohe Stiefel, die ebenfalls an den Seiten gebunden zu sein schienen.

Sie wusste nicht, ob sie genauso betrachtet werden sollten wie ihr Oberteil, aber sie entschied, dass sie keinen wirklichen Unterschied machten und verließ sie.

Kahudreth bedeckte ihre Leistengegend mit einer Hand und rieb einen Daumen durch das Dreieck aus schwarzen Haaren, das sich so deutlich von ihrer blassen, mondhellen Haut abhob.

Seine Finger glitten zwischen ihren Beinen, rieben sich und spielten mit ihr, bis sie spürte, wie sich Feuchtigkeit auf ihrer Haut bildete.

Er stand auf und drückte sich gegen sie, gegen die Wand, wobei eine Hand eine Brust drückte und die andere einen Finger zwischen ihre Falten schob, während die Spitze seines Schwanzes gegen den festen Stoff ihres Oberteils rieb.

Cyphia schnappte nach Luft und stieß kleine Freudenschreie aus, als er weiter spielte und seinen Finger in ihre feuchte Muschi hinein und aus ihr heraus schlug.

Ihre kleinen Hände griffen nach seinem Gesäß, gruben sich mit ihren Nägeln in das muskulöse Fleisch, als sie sich gegen ihn wand, ein Bein anhob und es um eines seiner wickelte, sodass sie mit den Fingern einen besseren Zugang hatte.

Sie blieben für kurze Zeit so, Kahudreth befriedigte sich, indem er dem entzückenden Stöhnen der zivilisierten Frau zuhörte, während ihre Hände weiter mit ihr spielten.

Er wusste, dass sie seinen Fortschritten niemals widerstehen konnte, warum hatte sie etwas anderes vorgetäuscht?

Fest, aber nicht abrupt, zog er sein erhobenes Bein von seinem Oberschenkel und schob es zu Boden.

Dann schob er sich von der Wand weg und zog sie zu sich heran.

Sie klammerte sich fest an ihn, ihr Gesicht in die Krümmung seiner Schulter gedrückt, eine Hand streichelte seine prallen Brustmuskeln, während die andere immer noch ein festes Gesäß packte.

Er hob sein Kinn und sah in ihre dunklen Augen.

"Jetzt fangen wir wirklich an", sagte er zu ihr.

"Ja, Göttin ..."

"Sagen Sie mir, was Sie wollen".

"Was denkst du?"

"Nun, zivilisierte Frauen ..." Sie zuckte erneut etwas unbehaglich die Achseln, wenn man bedenkt, wie fest sie ihn umarmte. "Sie hören Geschichten ..."

"Dann behandle mich nicht wie einen zivilisierten."

Er lächelte.

"Ich werde es nicht tun!"

Er zog sie zu Boden und beugte sich über sie, so dass seine breite Brust das Licht der Zwillingsmonde blockierte.

Cyphia starrte ihn an, ihr dunkles Haar in Unordnung, eine breite Brust voller Vorfreude, ihre Beine gespreizt.

Plötzlich rollte sie sich herum und legte sich flach auf die Stirn. Ihre nackten Brüste streiften den sandigen Boden, und blasses Gesäß hob sich in die Luft.

Er lehnte sich zurück, um einen guten Blick auf die Muschi zu bekommen, die er vor kurzem gestreichelt hatte, packte sie dann mit beiden Händen um die Taille und fand den Zugang gegen den Stoff ihres Oberteils.

Die dunkle Zauberin stieß einen hohen Schrei aus, als sie ohne weitere Zeremonie seinen Schwanz fest zwischen ihre wartenden Beine schob.

Kahudreth wiederholte sein eigenes Stöhnen vor tiefem Vergnügen, als ihr Körper ihn umhüllte.

Ihre Haut war weicher als die einer Barbarin, doch ihre Muschi war angespannt und packte ihn besser als alle anderen, denen er zuvor begegnet war.

Mit neuer Erregung begann sie sich langsam zu bewegen, rutschte nach außen und beobachtete, wie sich ihr blasses Gesäß im Mondlicht bewegte und im Takt ihrer wiederholten Stöße zitterte.

Cyphia stöhnte, als sie ihre Bemühungen fortsetzte, gelegentlich nach Luft schnappte oder mit leisem Atem Worte murmelte, aber größtenteils in Ekstase versunken war.

Unruhig erhob sie sich auf seine Arme und ließ ihre Brüste frei schwanken, und er ergriff eine und neckte die Brustwarze, als der blasse Hügel mit der Bewegung ihrer Gelenke schwankte und die Hüften der Zauberin dringend gegen sie drückten. Seine.

Auf dem staubigen Boden neben dem zerstörten Gebäude, unter freiem Himmel und im silbernen Licht der Monde, schlossen sich der Barbar und sein neuer Liebhaber begeistert an, und ihre beiden Schreie verschwanden in der stillen Nachtluft.

Jedes Mal, wenn sie sich einem Gipfel näherte, verlangsamte Kahudreth ihre Bewegung und ließ sie ein wenig ruhen, bevor sie ihre Bemühungen fortsetzte.

Er beugte sich jetzt über sie, sein Gesicht fast in ihren Haaren und drückte tiefer als je zuvor zwischen ihre Beine.

"Genug ...", stöhnte sie schließlich und er musste akzeptieren.

Dieses Mal beschleunigte er seinen Schritt, anstatt langsamer zu werden. Kraftvolle Muskeln drückten ihn mit aller Kraft, die er aufbringen konnte, in diese weiche, aber enge Muschi.

Cyphias Stöhnen wurde immer schneller und nahm einen heftigen Rhythmus an, als er gegen sie schlug, blasse Schenkel und Gesäß gegen den festen Körper des Barbaren schlugen.

Sie erreichten zusammen ihren Höhepunkt, Kahudreths Stöhnen vor entzücktem Vergnügen übertönte fast das ihres Partners.

Er hielt sie für einen Moment so, ließ ihren zitternden Körper einsinken und genoss das Gefühl der kühlen Nachtbrise auf ihrer Haut.

Dann ließ er sie los, und beide rollten sich auf den Rücken und starrten in den Nachthimmel.

Unzählige helle Sterne breiteten sich in der dunklen Dunkelheit vor ihnen aus, beide Monde waren voll und fielen bereits in Richtung Horizont.

* * *

"Ich kann jetzt sprechen?"

"Sicher. Das war die Legende."

"Äh, nun, ich denke ich sollte darauf hinweisen, dass du einen Fehler gemacht hast."

"Nein, habe ich nicht! Die Erinnerung an eine Barde ist perfekt, auch wenn es so lange her ist."

"Du hast gerade gesagt, dass die Monde voll sind. Tatsächlich hast du es mehrmals gesagt."

"Dann?"

"Aber früher, als sie die Zeremonie durchführten, sagten Sie, es sei eine mondlose Nacht gewesen. Es hätte nicht so sein können, nicht wenn die Monde erst Stunden später untergegangen wären."

"Bah-Krieger! Wer hätte gedacht, dass Sie genau an diesem Teil interessiert sind! Schauen Sie, es gibt einen guten Grund, ich dachte nur nicht, dass es erwähnenswert ist."

"Folgen."

"Deshalb mussten sie die Zeremonie in dieser bestimmten Nacht durchführen. Es war die Nacht einer doppelten Mondfinsternis, also waren die Monde natürlich unsichtbar, als sie sie tatsächlich aufführten, und später ... was bist du? Was sind sie?" du ... warum ziehst du dich so schnell an? Ich dachte wir könnten, weißt du ... schau, was ist los mit dir?

"Kannst du nicht sehen? Achte nicht auf die Astronomie?"

"Nicht wirklich, nein. Ich bin keine Zauberin, erinnerst du dich?"

"Heute Abend gibt es eine doppelte Mondfinsternis. Sie sind unglaublich selten, also werden sie es tun!"

"Was ist zu tun?"

"Sie bringen die Präsenz zurück! Heute Abend! Wir haben nur ein paar Stunden."

KAPITEL XXXXIII
YASIMINA UND VALERIA

Lady Yasimina hielt die wütenden Worte zurück, die in ihrem Kopf geplant waren, als sie den verzweifelten Ausdruck auf Conans Gesicht sah.

Sie hatte ihm ausdrücklich gesagt, er solle schnell sein, wenn er mit der Barde Belit sprechen wollte, und doch hatte er einige Stunden in der Villa verbracht und auf ihn gewartet.

Sie konnte erraten, was er getan hatte; Sie war nicht so naiv.

Es schien jedoch, dass ihn etwas wirklich beunruhigte und seine Beschuldigungen warten konnten.

Unabhängig von seinen Peccadillos war er ein erfahrener Abenteurer, und er würde nicht ohne guten Grund in einer solchen Eile sein.

"Was geschieht?" Fragte er trocken, anstatt seinen Verweis auszusprechen.

"Es ist heute Nacht!" sagte der Krieger etwas außer Atem, "und die Sonne geht fast unter! Heute Abend werden sie es ausführen!"

"Erklären Sie", schnappte sie, "was haben Sie gelernt?"

Er beruhigte sich sichtlich und errötete deutlich, weil er den größten Teil des Weges von ... nun, vermutlich durch fast die halbe Stadt gelaufen war.

"Es gibt eine Zeremonie, die jemand durchführen muss, um dieses Ding namens 'die Gegenwart' zu beschwören ... Ich bin mir immer noch nicht sicher, worum es geht, aber es ist etwas sehr Mächtiges und Dämonisches. Es war hier, bevor die Stadt existierte . und heute Abend plant jemand, ihn zu beschwören. Er wird ihnen Macht über Dämonen geben oder so etwas ... Hölle auf Erden, buchstäblich oder so etwas. "

"Wo wird diese Zeremonie sein? Wer ist dahinter?"

"Das weiß ich nicht", gab er zu, "aber ich denke, wenn wir zu diesen Tunneln zurückkehren können, können wir sie von dort aus aufhalten. Dort fand die Zeremonie das letzte Mal statt. Wenn sie nicht wirklich unten sind." Dort, und dieses Mal, nach dem, was wir gesehen haben, gibt es keinen einfachen Weg, um hineinzukommen. Es gibt zumindest etwas, das sie brauchen, um die Verbindung herzustellen. Wenn wir das brechen können, können wir sie aufhalten, egal wer sie sind Zumindest hoffe ich das. ... wo sind die anderen? "

Damit kritisierte sie ihn:

"Wie lange du gebraucht hast, um zurück zu kommen, habe ich sie geschickt, um einer Spur zu folgen, die Zula gefunden hat. Sie versuchen herauszufinden, was sie über jemanden namens Gedren können. Es scheint, dass er dahinter steckt oder zumindest in irgendeiner Weise involviert ist. Ich bin geblieben, um auf dich zu warten ... und jetzt sagst du mir ... wir haben nur Zeit bis zum Sonnenuntergang?

"Eigentlich ein bisschen mehr. Ich weiß nicht, ob Sie der Zeit astronomischer Phänomene folgen ..."

"Nicht besonders, nein. Es schien keine hohe Priorität zu haben."

"Nun, heute Abend gibt es eine Mondfinsternis. Eine doppelte, und das ist es, was du für die Zeremonie brauchst. Es ist kurz nach Einbruch der Dunkelheit ... es ist etwas anderes, aber es ist noch nicht viel."

"Dann müssen wir uns vorbereiten. Schnell! Wir müssen die anderen finden."

Er rannte die Treppe hinauf und sprang auf und ab.

Conan folgte ihr, bevor sie in ihre getrennten Räume gingen.

Er hatte nicht erwartet, dass sie so wenig Zeit hatten, und jetzt wünschte er sich, er hätte gedacht, er hätte bereits seine Rüstung angezogen.

So wie es war, musste die Paladine ihr Kleid ausziehen und machte sich nicht einmal die Mühe, die teure Unterwäsche, die sie trug, für etwas Praktischeres auszuziehen, bevor sie anfing, ihren schweren Rüstungsanzug anzuziehen.

Es schien ewig zu dauern, bis alle Gurte richtig angezogen waren, was er normalerweise nicht bemerkte, aber er musste alles richtig überprüfen, sonst wäre die Rüstung schlimmer als nutzlos.

Endlich war es soweit, und er stellte sein Schwert ein, bevor er in seinem Schrank nach Weihwasser und allem anderen suchte, was sonst noch nützlich sein könnte.

Er verfluchte Conan leise und wusste, dass sie diese Warnung viel früher erhalten hätten, wenn er nicht von dem Offensichtlichen abgelenkt worden wäre.

Und die anderen hätten noch hier sein können.

Schließlich war sie fertig und kehrte in die Lobby der Villa zurück, um Conan zu finden, der bereits auf sie wartete.

Nun, er trug keine Rüstung, also hätte er kaum so lange gebraucht, um sich vorzubereiten.

"Tragen Sie die Fläschchen, die Sie vom Druiden bekommen haben?" Sie hat ihn gefragt.

"Bereit zu gehen", bestätigte er, "schau, entschuldige für ..."

"Das kann bis später warten", sagte er, "jetzt müssen wir diese Zeremonie beenden, und das bedeutet, die anderen finden zu müssen. Lass uns gehen."

Yasimina musste absichtlich langsamer fahren, als sie die Villa verließ.

Es war nicht möglich, in Ganzkörperpanzerung zu laufen, und selbst zügiges Gehen würde sie ermüden, und sie wusste, dass sie bald alle ihre Reserven brauchen würde.

Er beruhigte absichtlich seine Frustration, besonders als er sah, dass die Sonne jetzt unter dem Horizont unterging und beide Monde fast direkt gegenüber aufgingen.

Eine Kante des kleinen Mondes berührte die Scheibe des großen Mondes, und er vermutete, dass sie bald hinter die andere gleiten würde.

Von dem Wenigen, das er über Finsternisse verstand, war das vermutlich der Fall; Ein Schatten würde auf den größeren Mond fallen, während der kleinere dahinter war und sich daher mehr oder weniger in derselben Position befand.

Er konnte nicht sagen, wann das passieren würde, aber wenn Conan sagte, dass es heute Nacht sein würde, hatte er kein Problem damit, es zu glauben.

Das Problem war, dass er nicht genau wusste, wo die anderen waren.

Sie waren gegangen, um zu sehen, was sie über diese Lady Gedren herausfinden konnten, die Nekromantin oder Dämonologin, deren Name in Zulas Ermittlungen aufgetaucht war.

Ihr öffentliches Gesicht war das eines Kaufmanns, also waren sie zuerst auf den Markt gegangen, aber was sie als nächstes getan hatten, konnte sie nicht sagen.

Es kommt darauf an, was sie entdeckt haben.

Bei aller Unsicherheit und wachsenden Dringlichkeit der Situation wurde das Gesicht des Paladins zu einer grimmigen Facette der Entschlossenheit.

Sie nutzte ihre mentalen Disziplinen, die sie im Laufe der Jahre entwickelt hatte, zuerst als Knappe, dann als Abenteurerin, um ihre Gedanken zu klären, und ignorierte die Bedenken, dass sie nichts tun könnte, um sich zu ändern. sich auf das konzentrieren, was wirklich wichtig ist.

Jemand schrie.

Eine Frau in der Nähe, ein echter Schrei des Schreckens.

Yasimina drehte sich um, Conan direkt hinter sich, um jemanden mit großen Augen und entsetzt aus einer Gasse rennen zu sehen.

Die Gasse selbst lag im Schatten, obwohl der Himmel immer noch etwas Brillanz hatte, und es war offensichtlich, dass jemand anderes da war, der ... nein, zitterte ... in der Dunkelheit taumelte.

Die Gestalt betrat die beste Beleuchtung auf der Straße und der Paladin zog instinktiv ihr Schwert aus der Scheide.

Der Mann vor ihr war tot.

Genauer gesagt war er untot.

Seine Haut war fahl und grau, schmutzige Augen, lockerer Kiefer, ein Geruch von Zersetzung auf seinem Körper, abgenutzte und schmutzige Kleidung.

Er stöhnte schwach und ging weiter, drehte den Kopf, um die beiden Abenteurer anzusehen und fühlte sich näher als die flüchtende Frau.

Das Schwert des Paladins durchbohrte das Bein der Kreatur und warf es zu Boden, bevor der zweite Schlag seinen Brustkorb zerschmetterte und seine Bewegungsfähigkeit zerstörte.

Es gab einen Gestank, den der Abenteurer kannte, als die belebende Kraft das Ding aufgab und es aufhörte zu zittern.

Es gab natürlich kein Blut; es gab nie, weil nichts durch die Adern solcher Untoten floss.

"Wo zum Teufel kam das her?" Fragte Conan, wie sie, erfahren darin, solche Dinge zu sehen, aber nicht hier.

"Es kann kein Zufall sein", sagte er, "ich frage mich ... es gibt noch einen!"

Er erhielt einen einzigen Schlag, der ihm den Kopf von den Schultern riss.

Nach den Maßstäben solcher Dinge waren Zombies nicht besonders schwer zu töten, zumal sie sich langsam bewegten und ihre Sehnen sie nicht mehr so fest zusammenhielten wie im Leben.

Aber welches Grab war geöffnet worden, um diese Dinge zu entfernen, und von wem?

"Sie sagten, Gedren könnte ein Nekromant sein", sagte er, "offensichtlich ist sie es, oder zumindest weiß sie davon. Aber wie viele hat sie noch gerufen?"

"Aber warum sie in der Stadt freigeben?" Fragte Conan und sah zu den noch vollen Monden auf. "Die Zeremonie hat noch nicht begonnen oder steht kurz vor dem Beginn."

"Etwas beschützen? Eine Ablenkung? Vielleicht wollen sie nicht unterbrochen werden, oder vielleicht ebnet es nur den Weg für das, was kommen wird?"

"Wir müssen wirklich die anderen finden."

Sie nickte und sie gingen so schnell sie konnten in Richtung Markt.

Ein Mann kam die Straße entlang gerannt, sein Gesicht gerötet, offensichtlich verängstigt.

Hinter ihm standen noch zwei, beide kamen vom Platz.

"Monster!" schrie er, "Untoter!"

Sie brauchten die Warnung nicht.

Offensichtlich würde das mehr sein.

Waren sie überall oder nur in der Innenstadt?

Lady Yasimina wusste, dass sie weit entfernt von dem einzigen Paladin auf Tarantia war, und sie hoffte, dass Ymirs Krieger und Geistliche bereits alarmiert worden waren.

Sie sollten in der Lage sein, mit einem Untotenbefall umzugehen, wenn jemand könnte.

Obwohl es eher davon abhängen würde, wie viele es gab-

Ehrlich gesagt, ja, es gab andere Paladine, aber nur wenige mit seiner Erfahrung.

Als sie jedoch den Markt erreichten, war es offensichtlich, dass sie nicht die einzigen Lebewesen dort waren.

Eine Gruppe von Untoten, zwei weitere Zombies und ein gebeugtes grauhäutiges Ding, das er als Ghul erkannte, umringten jemanden, der sie mit einem Schwert angriff.

Ein anderer war bereits ausgestreckt, zu seinen Füßen auf dem Boden ausgebreitet.

Sie konnte die Kraft ihres Gottes nutzen, um sie zu vertreiben und eine heilige Aura auszustrahlen, der die Untoten nicht widerstehen konnten, aber was würde das nützen?

Sie würden einfach aus der Stadt fliehen und den Unschuldigen mehr Schaden zufügen.

Sie sprang in den Kampf, ihr Schwert schnitt durch das tote Fleisch.

Es dauerte nicht lange, bis die drei Untoten über den Boden verstreut waren.

Er sah auf und erkannte erst dann, wem er gerade geholfen hatte.

Yasiminas Gesicht lächelte.

"Arthur!"

"Meine Dame Yasimina", sagte der andere Paladin offensichtlich erleichtert, "danke den Göttern, dass Sie hier sind. Diese Dinge kamen aus dem Nichts. Wenn ich nicht hier gewesen wäre, hätte es viele Todesfälle gegeben. Selbst dann habe ich Angst mit drei gegen einen ... "

Arthur war ungefähr gleich alt, vielleicht etwas jünger, ein Ritter der Vergebung, aber ohne ihre Erfahrung als Abenteurerin.

Sie wusste, dass er ein fähiger Schwertkämpfer war, obwohl er heute ohne Rüstung war.

Offensichtlich hatte sie gerade ein paar Einkäufe oder eine andere weltliche Aufgabe erledigt.

Ihre Augen fielen auf ihn und stellten fest, dass er nicht verletzt zu sein schien, auch sie sah mit einem Anflug von Schuldgefühlen, dass er mit seinen breiten Schultern und schlanken Hüften süß war.

Aber solche Gedanken waren für einen Paladin ungeeignet, und jetzt waren sie es doppelt.

"Es gibt noch mehr von ihnen", sagte er, "wir haben gerade zwei gesehen und ich glaube nicht, dass sie alleine sein können."

"Aber wie? Woher kommen sie?"

"Ich weiß nicht", sagte sie, "nicht genau. Aber ich weiß, wie ich sie aufhalten kann. Wir hätten dir das vor ein paar Tagen sagen sollen ... aber bist du bei uns?"

"Natürlich! Immer", sagte er und sie glaubte mehr als Kameradschaft zu sehen, Zuneigung in seinen Augen.

Leider war jetzt kaum die Zeit darüber nachzudenken, was das bedeutete.

"Wir gehen in den Untergrund. Zu den Abwasserkanälen, den Katakomben unter der Stadt. Conan, hast du die Karte der Zwerge?"

"Ja aber ..."

"Wo ist der nächste Eingang?"

"Was ist mit den anderen? Valeria, Snagg und Zula sind irgendwo ..."

"Ich weiß, aber sie sind nicht hier und mit jedem, der den Markt verlassen hat, können wir niemanden fragen und wir haben keine Chance herauszufinden, wo sie sein könnten. Es gibt keine Zeit und sie können für sich selbst sorgen. Es muss wir sein. und es muss jetzt sein. Hoffentlich haben sie die gleiche Idee und schließen sich uns an ... wenn nicht, müssen wir das alleine beenden. Es gibt keine andere Chance, nicht jetzt! "

Er nickte und wusste, dass sie Recht hatte.

Arthur sah nur verwirrt aus.

* * *

"Ich glaube nicht, dass wir hier noch etwas tun können", sagte Valeria, "wir wissen, dass sie hereingekommen sind und wir wissen, wer einige von ihnen sind, aber wir werden immer noch nicht in der Lage sein, etwas herauszufinden, was sie sind." diskutieren. "

Sie standen in einer geschützten Gasse mit Blick auf den roten Backsteinplatz, der die Rotunde umgab.

Nachdem sie herausgefunden hatten, wo Gedren auf dem Markt lebte, hatten sie das Glück, dass sie ging, als sie zu ihrem Haus kamen, und sie folgten ihr dorthin.

Es war ein großes rundes Gebäude, das oft für öffentliche Versammlungen genutzt wurde, was bedeutete, dass es erhebliche Verbindungen zu den Behörden haben musste, um es nachts nutzen zu können.

Offensichtlich hatten sie zu Recht über ihre Ermittlungen in Bezug auf alles, was sich unter der Stadt befand, geschwiegen.

Gedren hatte andere Leute getroffen, bevor er eintrat.

Valeria hatte Rufus vom College of Magicians erkannt und Zula identifizierte jemanden namens Yamcha, aber die anderen waren ein Rätsel.

Abgesehen von Yamcha schienen sie alle wohlhabend zu sein und waren möglicherweise wohlhabende Kaufleute, Gildenführer, kleinere Adlige oder dergleichen mit Einflüssen.

Lady Yasimina hätte wahrscheinlich mehrere von ihnen erkannt, da sie die einzige Abenteurerin war, die in den richtigen Kreisen ging.

Einige von ihnen, einschließlich Gedren selbst, hatten Pakete mitgebracht.

Ein Kofferraum, den sie mitbrachten, war so groß, dass zwei der Männer ihn aus einem Karren entladen und die Treppe hinunterziehen mussten, aber es gab keine Möglichkeit zu wissen, was sich darin befinden könnte.

Aber jetzt, da sich die Gruppe im Gebäude befand, war nicht klar, was sie und die anderen sonst noch tun konnten.

Es schien sicherlich verdächtig, besonders mit dem, was Zula bereits über Yamcha wusste und was sie über Rufus zu vermuten begann, aber dreizehn Menschen, die sich in der Rotunde versammelt hatten, konnten sie nicht als Stadtpolizei bezeichnen.

Obwohl eines seltsam war; Der dreizehnte Gast war durch einen der vielen Seiteneingänge in die Rotunde geschlüpft, ohne die anderen zu begrüßen, und hatte anscheinend gewartet, bis alle drinnen waren.

Diese Gestalt war bedeckt und mit Kapuze bedeckt, und die Schatten der untergehenden Sonne waren lang genug, um ihre Gesichtszüge zu verbergen, so dass Valeria nicht einmal erkennen konnte, ob sie männlich oder weiblich waren.

Jemand wollte offensichtlich nicht gesehen werden.

Die Menge auf der Straße wurde bereits dünner, als die Sonne unter dem Horizont unterging.

Es wurde spät.

Vielleicht war es Zeit, ins Dorf zurückzukehren und zu sehen, ob Conan nach Hause gekommen war oder nicht.

Valeria hatte eine ziemlich gute Vorstellung davon, was sie vorhatte, und sie vermutete, dass Yasimina darüber ziemlich verärgert sein würde, aber es hatte im Moment keine Auswirkungen auf sie.

Snagg nickte als Antwort auf ihre Aussage.

"Du hast recht", sagte er, "lass uns zurück gehen."

Sobald sie auf der Straße waren, gab es einen Schrei.

Nicht von der Rotunde, sondern von einer der Hauptstraßen, die zum Platz führten.

Ich konnte Leute sehen, die durch sie zu ihnen rannten.

Snagg hob bereits seine Axt und seine eigenen Finger bewegten sich, als er sich fragte, welchen Zauber er wirken sollte.

"Nein", sagte Zula, "zurück in die Gasse. Das kann kein Zufall sein, und wir wollen nicht gesehen werden."

Valeria blickte zurück zur Rotunde und wich einem Kaufmann aus, der mit großen Augen an ihr vorbei rannte.

"Geh weg!" schrie er sie an, bevor er die Straße entlang raste.

Sie zögerte einen Moment und beschloss dann, Zulas Rat zu folgen, trat zurück in die Schatten und hoffte, dass niemand von der

Rotunde aus zusah, denn sie hätten sie inzwischen gesehen, wenn sie es getan hätten.

Sie war froh, dass sie es tat, denn das nächste, was sie sah, war eine Horde Untoter, die den flüchtenden Bürgern folgte.

Es musste Dutzende von ihnen geben, eine Vielzahl verschiedener Typen, Zombies, Skelette, Dämonen, einige einst Menschen, einige Ex-Orks und sogar einige andere Rassen in der Mischung.

"Im Moment brauchen wir wirklich einen Paladin", knurrte Snagg, "wir können uns nicht jedem alleine stellen. Ich habe noch nie so viele gesehen!"

"Wenn Gedren wirklich eine Nekromantin ist, ist sie sehr mächtig", stimmte Valeria zu, "mit einem unglaublichen Vorrat irgendwo."

"Aber was machen sie?" Zula fragte: "Sie jagen niemanden wirklich."

"Welchen Unterschied macht es bei der Geschwindigkeit, mit der sie sich bewegen?" Snagg fragte: "Außerdem könnte es mit dieser Nummer nicht notwendig sein."

"Nein, Zula hat recht", sagte die Zauberin, "die Ghule könnten zumindest rennen, wenn sie wollten, und die Ghule haben normalerweise Hunger. Wer diese Dinge beschworen hat, hat einen bestimmten Plan im Sinn. Wir müssen herausfinden, was es ist." Ich meine, wir können. Ich weiß, wir würden Yasimina hier brauchen, aber sie muss auch wissen, was dieser verdammte Gedren tut. "

"Wir waren zu spät, oder?" Zula fluchte: "Wir hätten in die Kanalisation gehen sollen, alles jenseits dieser Pflanzensache zerstören sollen. Wir hätten es vor Tagen tun können, wenn wir wollten!"

"Nicht ohne diese Frauen den Dumuzi zu überlassen", erinnerte ihn Valeria, "und wir wussten nicht, dass dies heute Abend passieren würde." Ein Gedanke traf sie und sie sah zusammen zu den Monden am Himmel auf. "Obwohl dies natürlich keine normale Nacht ist ..."

"Was meinst du?"

"Egal, jetzt ... schau, die Untoten, sie bilden einen Ring um die Rotunde."

"Um zu verhindern, dass jemand dort Zuflucht sucht", schlug Snagg vor, "oder nur um sie zu beschützen. Sie greifen sie bestimmt nicht an ... die verdammten Dinge sehen aus."

"Nicht alle von ihnen ... einige von ihnen gehen die Straße entlang. Das ist der Weg zum Tempelviertel, oder?"

"Du meinst, sie gehen auf die Paladine zu? Das macht keinen Sinn."

"Es hat, wenn sie sie beschäftigen wollen, sie von hier fernhalten wollen. Oder sie einfach so schnell wie möglich eliminieren. Wenn sie etwas anderes als ein normales magisches Backup haben, könnten sie vielleicht der göttlichen Kraft dort widerstehen?"

"Yakin!" rief Zula entsetzt.

"Es tut uns leid?" Valeria war für einen Moment verwirrt. Was hatte sein Diener damit zu tun?

"Es ist im Hygieia-Tempel! Wenn diese Dinge in das Tempelviertel gehen, müssen wir es beschützen."

"Der beste Weg, dies zu tun, ist in die Rotunde zu gelangen. Wenn sie dies kontrollieren, können wir sie vielleicht aufhalten."

"Nein! Wir müssen ihn retten!" Zula rannte bereits die Gasse entlang und suchte nach einer Seitenstraße, die sie in die richtige Richtung führen könnte, während sie den massiven Linien der Untoten aus dem Weg ging.

"Sei nicht dumm! Komm zurück! Was wird Yasimina sagen?"

"Ich habe nichts dagegen!" Der Kobold war bereits um die Ecke gegangen, außer Sichtweite.

"Sollen wir ihr folgen?" Fragte Snagg.

Valeria fluchte leise.

Was war in den Schurken geraten?

Sie war auch besorgt, besorgt, dass Onna irgendwo anders auf Tarantia in Gefahr sein könnte, aber sie konnte sich jetzt nicht davon beeinflussen lassen.

Yakin war ein lieber Freund von ihm, und jeder hatte einen Schock verspürt, als er vor ein paar Tagen angegriffen wurde, aber seine Pflicht war hier.

Warum konnte Zula das nicht sehen?

"Nein", sagte sie widerwillig und schüttelte den Kopf. "Wir müssen damit aufhören, auch wenn wir es alleine tun müssen. Wir sind die einzigen, die wissen, dass Gedren und die anderen hier sind und dass sie sicherlich dahinter stehen müssen."

"Also, was machen wir? Wir können nicht so viele Untote überfallen, und einige der Leute im Inneren werden nicht leicht untergehen. Was ist, wenn sie alle Dämonologen sind? Nun, nicht alle, aber mindestens einer sah aus ein kompetenter Krieger, eine Wache oder so. Nicht, dass sie alle weiche Kaufleute sind. "

"Warten!"

"Zu was?"

"Mir."

Er schlang seine Arme um Snagg und bekam als Antwort ein überraschtes Grunzen.

Dann flogen sie mit einem Schuss Geschwindigkeit durch die Luft.

Der Zwerg hielt sich fest, als er merkte, was los war.

Sie flog so schnell sie konnte auf eines der oberen Fenster der Rotunde zu, hoch über den Köpfen der Untoten.

Zum Glück schienen sie nicht aufzublicken, und die oberen Fenster der Rotunde waren weder aus Glas noch geschlossen.

Augenblicke später waren sie drinnen und der Zwerg befreite sich bereits aus ihrem Griff.

"Mach das nicht wieder!" zischen.

"Still", sie drückte ihre Finger an ihre Lippen, "mal sehen, was sie tun."

Sie standen in einem kreisförmigen Korridor, der sich über den Umfang des Obergeschosses erstreckte, mit offenen Fenstern, die auf die Straße dahinter blickten.

Sie kam zügig herunter, fühlte sich nervös und ungeschützt.

Sie hatten so etwas nicht erwartet und sie hatte ihre Zauber, aber keiner von ihnen hatte die gesamte Palette an magischer Ausrüstung, die sie mitgebracht hätten, wenn sie es gewusst hätten.

Was bedeutete, dass sie sehr vorsichtig sein mussten, zumal Snagg 'Bedenken, mit wem sie es zu tun haben könnten, völlig legitim waren.

Bald fand er eine Tür, die nach innen zu einem kurzen Korridor führte, der auf einem Balkon mit Blick auf den zentralen Raum der Rotunde endete.

Der Zwerg duckte sich zu Boden, folgte seinem Beispiel und kroch auf seinem Bauch, bis er über das Geländer schauen konnte.

Es waren zwölf Leute da, die sich in einem Kreis versammelt hatten, alle in schwarzen Gewändern, einer von ihnen auch mit einer Silberkette.

Sie waren schwer zu erkennen, aber sie glaubte, Rufus 'dicke Ausbuchtung am anderen Ende der Kammer erkennen zu können, fast das Gegenteil von ihr.

Er fragte sich, wo die dreizehnte Person war. Unter ihnen vielleicht?

Die bekleideten Gestalten sangen, und in der Mitte des Raumes stand das Räuchergefäß, das aus der Villa gestohlen worden war und jetzt mit Weihrauch gefüllt war, der abscheulich rot duftenden Rauch bis zur Gewölbedecke weit oben sandte.

Es gab dort auch andere Gegenstände wie Messer und Schalen, Abzeichen dunkler Götter und einen provisorischen Altar, der durch Zusammenführen von zwei kleinen Tischen gebildet wurde.

Er bemerkte jedoch, dass nichts den größeren Kofferraum erklären konnte.

"Was machen wir?" Flüsterte Snagg hinter ihr.

"Ich bin nicht sicher", sagte sie ehrlich, eine schreckliche Unsicherheit stieg in ihrer Brust auf.

Er wünschte, Yasimina und die anderen wären hier.

***

Der Ghul flatterte in der Luft, krallte sich nur wenige Zentimeter von seinem Gesicht entfernt, fiel dann aus dem Schnitt seines Schwertes und spritzte in das warme Wasser der Leitung.

Er bewegte sich dort für einige Momente, und dann blieb er stehen, seine Kraft der Animation ließ nach und hinterließ nur einen dünnen Schlamm auf seinem Schwert anstelle von Blut.

"Da kommt noch mehr!" schrie Sir Arthur, sein Schwert bereits erhoben, als sie den unterirdischen Korridor zurückblickte.

Es gab drei weitere, diesmal alle Zombies.

Immerhin schien es hier unten nicht viel zu geben, vielleicht weil sie dort oben waren, aber die Abwasserkanäle waren alles andere als leer.

Diesmal hob er das Symbol von Ymir, das er um den Hals trug, und rief:

"Länge!"

Sie spürte, wie die heilige Energie durch sie zu den untoten Kreaturen floss.

Sie widersetzten sich und kauerten am Ende des Durchgangs, wo sie still standen.

Dann drehten sie sich stolpernd um und konnten die Gegenwart göttlicher Kraft nicht ertragen.

Conan sprach einen Zauber in ihre Richtung und warf einen von ihnen nieder, um in einem zerknitterten Haufen an der Wand zu liegen, aber die anderen beiden waren bereits um die Ecke außer Sicht.

"Vielleicht brauchen wir diesen Zauber später", tadelte sie ihn.

"Ich weiß, aber wenn sie hier abreisen, sind oben unschuldige Leute."

Sie seufzte.

"Ich beschuldige dich nicht. Ich hätte wahrscheinlich das Gleiche getan."

"Was ist hier los?" Arthur fragte: "Du hast es noch nicht gesagt."

"Das ist eine faire Frage", gab er zu. "Wir haben etwas gefunden, etwas Dämonisches, das hier unten gefangen ist. Du hast gesagt, es hat einen Namen, Conan?"

"Es ist kein richtiger Name, nein. Die Legende nennt es einfach 'Präsenz'.

"Nun, was auch immer es ist, es ist seit Jahrhunderten hier unten und jetzt wacht es auf, weil jemand es herbeiruft."

"Woher wusstest du davon?"

"Wir haben ein altes Dokument gefunden. Wir dachten, wir sollten es überprüfen, da es offensichtlich eine Gefahr für die Stadt darstellt."

"Und jetzt ist es, wenn es wieder auftaucht? Nach all diesen Jahrhunderten? Ist es ein Zufall?"

Daran hatte er nicht gedacht, aber es war ein guter Punkt.

"Anscheinend", sagte er nach einer nachdenklichen Pause. "Vielleicht können wir später darüber nachdenken. Im Moment schauen wir ... eigentlich, was hast du gelernt, Conan?"

"Hier unten, vermutlich auf der anderen Seite der Barriere, die wir gefunden haben, befinden sich die Überreste eines alten ... Tempels, ich nehme an, man könnte es nennen. Die Kammer, in der jemand einmal versucht hat, die Gegenwart in diese Welt zu rufen. Er steckt dort fest Wenn er freigelassen wird, kann er ... nun, er ist ein bisschen vage, aber ich habe den Eindruck, dass er Dämonen nach Belieben in diese Welt bringen kann, und wer ihn herbeiruft, hat eine Art Kontrolle über sie Die Stadt würde zerstört oder in eine Dämonengrube verwandelt, wenn wir sie nicht aufhalten. "

"Aber wenn wir ihn von hier aus aufhalten können, wird die Beschwörung nicht funktionieren, und wer auch immer alles kontrolliert, vielleicht diese Person Gedren, wird seine Zeremonie nicht beenden können. Was leider ein vernünftiges Opfer beinhaltet.

Der letzte Beschwörer hat Orks eingesetzt, aber ich kann mir vorstellen, dass der aktuelle eher Menschen opfert. "

"Also müssen wir damit aufhören", erklärte Yasimina Arthur, "heute Nacht wegen ... einer Sonnenfinsternis, richtig?"

"Dann müssen sie, ja."

"Sie müssen mich nicht überreden", stimmte der andere Paladin zu, "aber es ist gut zu wissen, worauf ich mich einlasse. Was ist mit dieser Barriere los?"

"Es ist genau hier unten", sagte sie und führte sie den Rest des Weges zu sich.

Bald tauchte es vor ihnen auf, eine dicke undurchdringliche Wand aus kranken, abscheulichen, übernatürlichen grauen Pflanzen, Ranken und Dornen, die vor bösem Hunger schnappten.

Arthur verzog das Gesicht.

"Wie kommen wir darüber hinweg?" Ich frage.

"Wir haben etwas, das wir nicht hatten, als wir das letzte Mal hier waren. Und dann ... nun, wir sind uns nicht sicher, was genau dahinter steckt. Aber hoffentlich ist es dieser alte Tempel. Fertig, Conan?"

Der Krieger nickte und nahm eine Glasphiole aus seiner Tasche, die in dem magischen Licht leuchtete, das er in der anderen Hand hielt.

Er hob es so nah an die Vegetation, wie er es wagte, und entfernte den Stecker.

Es gab einen hellen Lichtblitz, der viel stärker war als der seines eigenen Zaubers.

Brillante Strahlen flackerten in alle Richtungen, und wo sie die abscheulichen Pflanzen berührten, verdorrten sie wie sofort verbrannt und fielen wie tote Kohle auf den Stein und das Wasser darunter.

Und da fing alles an, schief zu gehen.

* * *

Cassandra stand in einem der kurzen Seitengänge unter dem Balkon vor der Hauptkammer der Rotunde.

Das Licht der Kohlenbecken, die die Verschwörer in Brand gesteckt hatten, dehnte sich dort kaum aus und hielt sie im Schatten, aber sie vermutete, dass die Präsenz auch ihre Gedanken trübte und sie davon abhielt, in ihre Richtung zu schauen.

Er hatte seine Gründe dafür, wie zu erwarten ist, dass es bald klar wird.

Die Gestalten mit Kapuze sangen in einem Ring um den Gegenstand, den er gestohlen hatte, andere höllische Utensilien mit ihm, obwohl es die dunkle Magie des Räuchergefäßes war, die ihnen wirklich Kraft gab.

Was sie nicht hatten, war das Zepter, das er in seiner eigenen Hand hielt.

Gedren und die anderen hatten nicht die volle Kontrolle über die Ereignisse, wie sie dachten, aber dies war alles das Design der Präsenz, und sie würden für ihren Anteil an den Ereignissen belohnt.

Der Gesang hörte auf und Gedrens Stimme rief:

"Finde es heraus!"

Cassandra beobachtete, wie zwei der Verschwörer vom Kreis weg und in ein anderes Schlafzimmer gingen, wo ein großer Kofferraum auf sie wartete.

Sie öffneten es und zogen eine geknebelte und gefesselte Frau von innen.

Er vermutete, dass dies das Opfer sein musste.

Obwohl die Sonnenfinsternis noch nicht eingetreten war ... müssen sie beabsichtigen, vor der Zeremonie etwas anderes zu tun.

Er sah, dass die Frau das zurückhaltende grau-weiße Gewand einer Nonne des Sonnengottes trug, und ein paar dunkle Haarsträhnen entkamen ihrem schiefen Schloss.

Sie sah verängstigt aus, als die bekleideten Gestalten ihre Krawatten durchtrennten und ihren Knebel entfernten, bevor sie sie in die Mitte des Ringes der Verschwörer zog.

Einer der anderen Verschwörer trat vor, ein großer und mächtiger Mann, und zog zu Cassandras Überraschung die Kapuze herunter, um der verängstigten Nonne ins Gesicht zu sehen.

"Erkennst du mich?" Ich frage.

"P ... Neochorus Vater ...", sagte sie, "aber ... aber ..."

"Hab keine Angst, Mädchen. Das alles für das Gemeinwohl. Du vertraust mir, nicht wahr?"

"Ich ... ich ..."

"Du hast mir vertraut, aber jetzt bist du ein bisschen verwirrt. Verständlich, denke ich. Und was zählt, ist das alte Vertrauen." Die junge Nonne stöhnte und verstand offensichtlich nicht, was der Mann sagte. "Ich habe ein Geschenk für dich, meine Tochter. Vielleicht klärt es alles auf. Willst du es sehen?"

Er sagte immer noch nichts, aber Neochorus zog trotzdem seinen Umhang aus und enthüllte das Gewand eines Sonnenpriesters darunter, bemerkte Cassandra, ohne das heilige Symbol, das sie normalerweise trugen.

Der Geistliche griff unter seinen Gürtel, als wollte er etwas aus seiner Tasche ziehen.

"Dies ist mein Geschenk an dich", sagte er mit einem Lächeln, als er seinen erigierten Penis herauszog, um dem entsetzten Blick der Nonne zu begegnen. "Ich glaube nicht, dass Sie schon einmal einen gesehen haben, aber Sie werden diesen gleich kennenlernen."

"Nein nein Nein Nein!" Die Frau schrie mit Tränen in den Augen, als sie nutzlos gegen die beiden Männer in Roben kämpfte, die sie immer noch festhielten. "Bitte nein! Warum tust du mir das an?"

"Wer will sie nackt sehen?" Schrie Neochoro zu einem Chor der Zustimmung der anderen. "Wer will sich ihre süße jungfräuliche Muschi ansehen, bevor ich sie voll ficke?" Eine weitere mitreißende Ovation begrüßte ihn und er wandte sich an die beiden Männer, die den Gefangenen hielten. "Zieh sie aus!"

Cassandra trat vor, ihre Augen wurden blutrot, Hörner sprossen, als Dämonenblut in ihren Adern kochte.

Gleichzeitig schossen vier strahlende weiße Lichtstrahlen vom Balkon über seinem Kopf aus.

Neochorus wurde in Brust und Rachen getroffen, und er taumelte zurück, ein Ausdruck von Entsetzen und Erstaunen auf seinem Gesicht, als die Zaubersprüche seinen Körper durchdrangen.

Mit einem Keuchen fiel er auf den Boden, die Augen rollten in seinem Blick und sein großer Schwanz sackte zusammen.

Einen Moment später gab es eine Explosion, eine strahlende Explosion von orangefarbenem Feuer, die Mauerwerksbrocken in den Raum löste und die Kohlenpfanne umwarf.

Viele der Verschwörer schrien, und die plötzlich freigelassene Nonne fiel zu Boden und kauerte vor Angst.

Von Cassandra aus, die für einen Moment vor Überraschung erstarrt war, konnte sie sehen, dass mindestens vier der Verschwörer in die mysteriöse Explosion verwickelt waren und einige von ihnen sich nicht bewegten.

Etwas rollte über den Boden und wurde vom Balkon oben geworfen.

Dunkler Rauch stieg auf, schwoll schnell an, um den Raum zu füllen, und verdeckte die Sicht aller.

Einige der Gestalten mit Kapuze waren in Panik und rannten verwirrt, obwohl er sah, wie einer mit dem Schwert in der Hand eine Leiter hinauflief.

Die Präsenz stieg in ihr auf und sagte ihr, was sie tun sollte.

Cassandra ergriff ihre Chance und warf sich durch den dichten Rauch, der die anderen so sehr zu verwirren schien, auf die Stelle zu, an der die Präsenz ihr sagte, dass Gedren stand.

Sie packte den überraschten Dunkelelfen, der sie verwirrt ansah.

"Folge mir!" brach der Halbdämon, "das wird uns nicht aufhalten. Es gibt einen anderen Weg, um unser Ziel zu erreichen", er winkte dem

Dunkelelfen mit dem Zepter ins Gesicht, "und wenn Sie mir folgen, können wir immer noch gewinnen, aber nur, wenn Sie Mach es jetzt und lass andere kämpfen, wer auch immer es ist. "

***

Lady Yasimina hatte nicht viel darüber nachgedacht, wie Conan den druidischen Charme erlangt hatte.

Es schien schließlich wenig Grund dafür zu geben.

Die druidische Magie mag ein wenig aus seiner Erfahrung heraus sein, aber er hatte nicht erwartet, dass sie sich so sehr von den Priestertumsmächten unterscheidet.

Vielleicht war das die meiste Zeit der Fall.

Aber vertraue darauf, dass Conan einen anderen Weg findet.

Die glühende Energie aus der Phiole war mehr als das Verbrennen des monströsen Laubes.

Als die Lichtstrahlen die drei erreichten, die vor ihnen standen, waren ihre Körper von einer uralten Naturkraft durchdrungen, die sie nicht erwartet hatte und von der ihr Körper keine praktische Erfahrung hatte.

Viele Gedanken gingen ihm durch den Kopf, als Hitze in seinem Bauch aufstieg.

Manchmal hatte er Träume, Träume, die er als jungfräulicher Paladin nicht zugeben konnte.

Sie waren formlos, sie haben zumindest kürzlich Arthur involviert, aber es fehlten ihnen Details.

Teilweise ohne Zweifel wegen seines Mangels an echter Erfahrung, aber teilweise, weil er es geschafft hat, diesen Teil seines Geistes während seiner Wachstunden abzuschrecken.

Sie hatte Bedürfnisse, wie jede Frau, aber sie konnte sie kontrollieren und sich ihrer göttlichen Mission widmen, bevor sie nur fleischliche Befriedigung fand.

Obwohl sie es niemandem erzählen konnte, waren die Empfindungen, die sie jetzt überfluteten, nicht so ungewohnt, wie sie hätten sein sollen.

Es gab Momente ... nicht viele, aber es gab einige ... Momente, in denen er aus einem unbefriedigten Traum erwachte.

Im Halbschlaf hatte sie seine Hand gefunden, um unter ihr Nachthemd zu gleiten und das Vergnügen von ihrem Körper zu lindern.

Sie hatte oft die Gegenwart von Geist, um sich zurückzuziehen, wenn sie vollständig erwacht war, und verweigerte sich die Befreiung.

Aber manchmal, manchmal hatte er aufgegeben, das weiche Kissen mit der anderen Hand ergriffen und seine Lippen gedrückt, um das eventuelle Geräusch ihres Schreis zu dämpfen.

Dann kam die unvermeidliche Verlegenheit, die Selbstwarnung, dass er so etwas nie wieder tun würde.

Ihre Knie wurden schwach und gaben nach, als ihr Schwert von ihren Händen fiel.

Ohnmächtig wurde ihr klar, dass Arthur dasselbe getan hatte, offensichtlich genauso überwältigt wie sie.

Yasiminas Brustwarzen waren hart unter ihren Kleidern, ihre Schenkel feucht, als brennendes Verlangen in ihnen aufstieg.

Dann ließ das Gefühl nach und ließ sie dankenswerterweise vor der Demütigung des tatsächlichen öffentlichen Höhepunkts sicher zurück.

Trotzdem war sein Körper schwach und zitterte, als er versuchte, seine Sinne wiederzugewinnen.

Er sah auf und sah den freien Flur vor sich, der letzte Teil der Pflanzenwelt fiel.

Und diesen Korridor hinunter rannte etwas mit tödlichen Absichten direkt auf sie zu.

Beide Paladine waren unbewaffnet, fast wehrlos, und Conans Hände waren zu voll mit den Phiolen, um einen Zauber zu wirken oder das Schwert zu benutzen.

Sie hatte nicht einmal Zeit, eine Warnung zu schreien, bevor etwas sie traf.

KAPITEL XXXXIV
VALERIA, ZULA UND YASIMINA

Der Feuerball hatte den gewünschten Effekt gehabt und Verwirrung unter den Kapuzenfiguren verursacht, die die Zeremonie leiteten.

Zumindest für den Moment hatte Valeria das beabsichtigte Opfer vor ihrem Schicksal gerettet, aber das bedeutete nicht, dass die Gefahr vorbei war.

Wie er Snagg kurz zuvor gesagt hatte, gab es zu viele und es war wahrscheinlich, dass zumindest einige in der Lage waren, sich zu verteidigen.

Rufus würde es sicherlich sein, und es war unwahrscheinlich, dass er allein sein würde.

Sie hatte keine andere Wahl gehabt, als anzugreifen, als sie es tat, aber sie und Snagg waren zahlenmäßig weit unterlegen.

Er musste nur hoffen, dass die plötzliche Explosion und der magische Angriff die Chancen ein wenig geebnet hatten.

"Ich werde versuchen, sie zu beschützen", sagte er dem Zwerg.

Immerhin waren die Verschwörer sicherlich immer noch verzweifelt daran interessiert, ihr Ritual zu vollenden, und das würde bedeuten, ihr Opfer zurückzunehmen.

Die Frau war eine Nonne, bestenfalls wehrlos gegen sie.

Selbst wenn er versuchte zu rennen, war das Gebäude von einem Ring der Untoten umgeben, und das würde nicht gut enden.

Also musste Valeria etwas tun.

Snagg grunzte zustimmend, schon auf den Beinen und hob seine Axt.

Wenn jemand die Mentalität hätte zu erkennen, woher der Angriff gekommen war, würde er auf den Balkon gehen.

Valeria hoffte, dass sie mit ihnen fertig werden konnte, als sie aus dem magischen Dunst hervorgingen, den sie geschaffen hatte und der nun die untere Hälfte des Raumes überflutete.

Er sprach einen Schwebezauber, sprang auf die Balustrade um den Balkon und schwebte sanft durch den Nebel zu Boden, einige Fuß unter ihm.

Es war hier unten so grau und desorientiert, wie er erwartet hatte, aber er hatte bereits die Richtung in die Mitte des Raumes gespeichert, in der sich das Opfer und sein Peiniger noch befinden würden.

Sie war schnell an diesem Ort und konnte niemanden durch die Dunkelheit sehen, so behindert wie sie waren.

Er hoffte, dass es zumindest bedeutet, dass nicht jeder gleichzeitig versuchen kann, sie zu fangen, was die Dinge ein bisschen ausgeglichener machen würde.

Die Nonne war am Boden zusammengekauert, ihre Augen vor blindem Entsetzen weit aufgerissen, stieß einen kleinen Schrei aus und rollte sich zu einem Verteidigungsball zusammen, als Valeria näher kam.

"Bist du in Ordnung?" fragte der Elf. Es gab keine Antwort. "Ich bin derjenige, der dich rettet", sagte er so leise er konnte und wollte seinen Standort niemandem offenbaren, der sich noch im Raum befand. "Bleib in meiner Nähe, und du bist vielleicht in Sicherheit. Versuche nicht zu rennen, sonst kann ich dich nicht beschützen."

Er näherte sich der Gestalt, die auf dem nahe gelegenen Boden lag; der Mann in der geistlichen Robe, den sie mit dem ersten Zauber getroffen hatte.

Seine Augen waren offen und starrten ausdruckslos an die Decke.

Er war tot; Der Zauber hatte ihn mit einem einzigen Schlag getötet.

Es war ein guter Schuss.

Er sah sich um und sah eine sperrige Gestalt aus dem Nebel ragen.

"Ihre!" Eine tiefe, vertraute Stimme schrie: "Verdammte Abenteurer! Sie wissen einfach nicht, was gut für dich ist!" Es war Rufus, sein Haar unordentlich, Blut sickerte aus einer Wunde auf seiner Stirn, sein schwarzer Umhang und seine reichen Roben, die von Trümmern staubbefleckt waren. "Geh zurück zu den Klärgruben, in die du gehörst!"

Sie hob die Hände und ein leuchtend rot-weißer Lichtstrahl schoss auf sie zu.

Seine eigenen Hände befanden sich bereits in einer defensiven Haltung, der Gegenzauber teilweise abgeschlossen, aber nicht ganz genug.

Sengende Hitze verschlang ihren Körper und ließ sie vor Schmerz weinen, als sie auf den Marmorboden fiel.

Rufus hatte vielleicht keine Kampferfahrung, aber er wusste, dass er ein fähiger Zauberer war.

Vielleicht war ihr einziger Vorteil, dass sie anscheinend ihre mächtigste Magie nicht einsetzen wollte, aus Angst, die Nonne neben sich versehentlich zu töten ... sie war jemand, den sie vermutlich noch am Leben brauchten.

"Lass mich dir deinen verdammten Platz zeigen!" schrie er, sein Gesicht voller Wut, als er ein zweites Mal die Hände zu Valerias ausgestrecktem Körper hob.

Rufus könnte besorgt sein, seine tödlichste Magie nicht einzusetzen, aus Angst, andere zu schlagen.

Aber sie schaute weg und hatte keine solchen Bedenken.

Sie biss die Zähne zusammen gegen den Schmerz der Verbrennungen, die er ihr zugefügt hatte, und warf einen blau-weißen Blitz auf ihn.

Er warf ihn auf die Füße und katapultierte ihn zurück in den Nebel und außer Sicht.

Sie hörte aufmerksam zu und sah sich um, um zu sehen, ob noch jemand kam.

Es gab ein flatterndes Geräusch aus Rufus 'Richtung, ein Grunzen von wütendem Schmerz und dann Schritte, die davon taumelten.

Der Zauber hatte ihn nicht getötet ... sie wollte ihn nicht unbedingt tot sehen, aber sie wollte sicher nicht, dass er bei Bewusstsein war.

Auf der anderen Seite gab es keine Anzeichen dafür, dass sich jemand näherte.

Vielleicht waren die anderen geflohen?

Sie fluchte hinein.

Sie konnte ihn nicht entkommen lassen und seinen unbestrittenen Einfluss nutzen, um es so aussehen zu lassen, als wäre er das Opfer.

"Beschütze sie!" Er schrie Snagg an "Ich muss ihn aufhalten", fügte er der kauernden Nonne hinzu, erhielt aber keine Antwort.

Sie stand auf und zuckte zusammen.

Jetzt begann er zu verblassen und fühlte sich nicht so schlecht, wie er ursprünglich befürchtet hatte.

Aber es war sicherlich nicht verschwunden und sie konnte nur hoffen, dass Rufus in einer schlechteren Verfassung war als sie.

Sie rannte in den Nebel und hoffte, ihn zu finden.

* * *

Die Untoten schwärmten vom Tempel der Vergebung.

Wenn sie die Paladine überrascht hatten, gruppierten sich die heiligen Krieger jetzt neu und kämpften gegen die Horde von Dämonen, Zombies und wer wusste, was ihre heilige Stätte noch belagerte.

Es würde zunächst unpassend erscheinen.

Warum den Ort angreifen, der am besten darauf vorbereitet ist, gegen die Untoten zu kämpfen?

Aber als Zula zusah, wurde ihr klar, dass es eine Art Logik gab.

Indem sie sie zuerst angriffen, hatten die Paladine keine Chance, sich zur Verteidigung des Restes der Stadt zu organisieren.

Sie waren auch nicht in der Lage, ihre normale Fähigkeit zu nutzen, um unnatürliche Kreaturen mit der Kraft ihrer heiligen Ikonen zu vertreiben, da dies sie nur zwingen würde, sich in der Stadt zu zerstreuen und ihnen die freie Hand zu geben, die Unschuldigen anzugreifen.

Stattdessen mussten die Paladine sie einzeln abbauen, und sie waren eindeutig zahlenmäßig unterlegen und unvorbereitet.

Tatsächlich gab es nicht, wie sich herausstellte, viele Paladine in der Stadt.

Es war schließlich nur eine gemeinsame Berufung.

Viele derjenigen, die den Tempel verteidigten, waren Priester, größtenteils leicht bewaffnet, obwohl einige Magie besaßen.

Der Kampf war sicherlich nicht auf dem richtigen Weg, selbst als ich zusah, verschwand ein Geistlicher unter einem Rudel Dämonen, der heruntergezogen wurde, als er seine Zauber verbrauchte.

Wenn sie gewusst hätten, dass der Angriff kommen würde, hätten sie sich besser vorbereiten können ... aber das war sicherlich die Idee.

Zula begann an ihrer Wahl zu zweifeln und fragte sich, ob sie bei den anderen hätte bleiben sollen, um die Zeremonie an ihrer Quelle zu stoppen.

Kontrollierte der Nekromant all dies in irgendeiner Weise in der Rotunde?

Vermutlich war es die beste Wahl, sich ihr zu stellen, genau wie Valeria es gesagt hatte.

Aber es war zu spät, um jetzt umzukehren.

Er war gekommen, um Yakin zu beschützen, und das war es, was er tun würde.

Es dauerte nicht lange, bis er den Tempel von Hygieia, der Göttin der Heilung, betrat.

Die Monster griffen diesen noch nicht an, und auf jeden Fall hatte der Tempel keine Wachen, das tat er nie, da dies nicht zu seinem Geist gepasst hätte.

Er zog jedoch sein kurzes Schwert und hielt es bereit, als er durch die Korridore rannte und nach dem Weg zur Wohnung suchte, in der Yakin Zuflucht suchen sollte.

Leider kannte sie das Design des Tempels nicht wirklich, sie hatte es nie wirklich gebraucht.

Wenn er Heilung brauchte, war Lady Yasimina immer da und auf jeden Fall bestand Hygieias Stärke mehr darin, die Krankheiten gewöhnlicher Menschen zu heilen als die Wunden von Abenteurern.

Vielleicht sollte er in die Mitte des Gebäudes gehen; Zumindest könnte jemand da sein, den er fragen könnte.

Ein paar Passagen später befand er sich in einem großen offenen Raum voller Betten und Rollbahren.

Priester und Priesterinnen regten sich in einem Zustand hektischer Verzweiflung und versuchten offenbar, einige der am schwersten kranken Menschen zu retten.

Es schien, dass viele von ihnen bereits gegangen waren, aber diejenigen, die blieben, hatten die schwierigsten Situationen.

Was ihnen vermutlich unklar war, war, dass, wenn ihr Tempel bedroht war, auch die ganze Stadt bedroht war.

Es gibt möglicherweise keinen sichereren Ort für den Transfer von Patienten.

Sie suchte jemanden, mit dem sie sprechen konnte, aber alle weiß gekleideten Gestalten ignorierten sie und waren entschlossen, ihre eigenen Pflichten zu erfüllen.

Dann sah sie ihn und ihr Herz setzte einen Schlag aus.

Ich war in sicher!

"Yakin!" schrie sie und rannte zu ihm, als er sich bemühte, ein Ende einer provisorischen Trage anzuheben.

"Zula! Was machst du hier?"

"Ich bin gekommen, um dich zu suchen. Komm schon, wir müssen raus. Der Stadtrand könnte sicher sein."

"Okay ...", sagte er mit Angst und Verwirrung im Gesicht, "aber wir müssen alle in Sicherheit bringen."

"Was? Nein ... wir müssen jetzt gehen!"

"Du meinst nicht, dass wir diese Leute so verlassen werden?" er schien von dem Vorschlag überrascht zu sein, und es war ihr peinlich zu bemerken, dass es ihm nicht wirklich eingefallen war.

"Ich ... ich ..." stammelte er sprachlos und sah die Menschen um sich herum an.

Priester und Priesterinnen, alle wehrlos, gingen Risiken ein, um Menschen zu retten.

Es war klar, dass sie niemanden verlassen würden, unabhängig davon, was es für sie bedeutete.

Und die Patienten wirkten verzweifelt, hilflos, einige von ihnen schwach oder verkrüppelt, konnten nicht alleine entkommen und warteten darauf, dass die langsame Heilmagie ihre Arbeit erledigte, nicht die augenblicklichste Heilung, die sie erlebt hatte.

Kampfwunden schienen leichter zu heilen zu sein als Krankheiten; daran hatte sie auch nie gedacht.

Yakin sah sie mit verzweifelten Augen an und jetzt wurde für sie alles klarer.

Ein Priester hielt das andere Ende der Trage.

Sie wollten ihre Hilfe, und sie erkannte mit einem sinkenden Gefühl, dass sie sie bereitstellen musste.

Hatte er nicht einen Moment zuvor gedacht, dass es keinen sichereren Ort als diesen geben könnte?

"Ja ... ja, natürlich", sagte er, "aber wir brauchen einen sicheren Ort. Wir können den Tempel nicht einfach evakuieren, die Dinge sind überall. Wir müssen hier ein sicheres Heiligtum finden, auf das wir warten können." Dies zu beenden. Andere versuchen, das Problem zu beenden ... Ich denke. Was wäre der beste Ort?"

"Es gibt eine fensterlose Kammer auf dieser Straße", bot der Priester an und nickte zu einer Tür auf der anderen Seite des Raumes. "Wir haben damit meditiert. Sie hat Licht von der Decke, aber nur einen Eingang."

"Also diese Straße runter, alle!" Er schrie, aber niemand schien ihm viel Aufmerksamkeit zu schenken. "Oh ... du organisierst es", sagte er zu dem Priester, "sie werden auf dich hören. Ich werde überprüfen, ob der Weg sicher ist."

Er rannte zur Tür und durch sie hindurch, um den Korridor dahinter hinunterzuschauen.

Sie hörte ein kaltes Heulen und etwas lief auf sie zu.

Es kam aus der von ihm vermuteten entgegengesetzten Richtung der Kamera, nach der er suchte, aber das war kaum von Bedeutung.

Der Ghul schnitt mit seinen Krallen durch die Luft, aber sie war bereits aus dem Weg, wich zur Seite aus und die Klinge schnitt durch die Luft auf alles zu, was auf sie zukam.

Das Schwert bohrte sich in die Seite der Kreatur, und es knurrte und fuhr sich mit den Krallen über den Kopf, als es sich darunter duckte.

Zula schlug einen zweiten Schlag und schnitt einen Oberschenkelmuskel auf eine Weise durch, die bei jedem Lebewesen zu einem tödlichen Blutverlust geführt hätte.

Der Ghul hatte dieses Problem nicht, aber es wurde langsamer, und ein paar Treffer später lag das Ding auf dem Boden und schnitt ihm den Hals auf, bis der Jubelgeist verschwunden war.

Sie suchte.

Auf dem Korridor, aus dem der Ghul hervorgegangen war, kamen weitere Untote.

Sie rannte zurück zur Krankenstation, schlug die Tür hinter sich zu und rannte aufgeregt von dem plötzlichen Energiestoß, der durch das Vorhandensein von Gefahr hervorgerufen wurde.

"Es ist zu spät!" sie schrie jeden an, der sie hören wollte. "Sie kommen! Schließ die Türen ab! Blockiere sie so fest du kannst. Schnell!"

Er drehte sich zur Tür um, sein Schwert immer noch erhoben.

Sie war die einzige Person hier, die kämpfen konnte, und sie war schrecklich, schrecklich zahlenmäßig unterlegen.

* * *

Die Nebenwirkungen von Arwens Fläschchen waren nicht das, was Conan erwartet hatte, obwohl er es im Nachhinein vielleicht hätte tun sollen.

Als der Blick ihn bedeckte, schoss ihm eine Vision ihres Treffens durch den Kopf, überraschend lebendig.

Das Gesicht des Druiden vor ihm, dunkle Augen weit aufgerissen, üppiges schwarzes Haar fiel über ihre Stirn, harte Brustwarzen streiften seine Brust, als ihr enges Gesäß gegen seine Schenkel drückte und ihr Körper sich um seinen schlang.

Es war jedoch nur für einen Moment und sie erlangte schnell die Kontrolle über ihren Körper zurück, die Beine zitterten, der Schwanz war hart von der unerwarteten Kraft der Erinnerung.

Dann war es weg, und das Vergnügen ließ nach, als er sich in die Gegenwart zurückzwang.

Die leere Phiole wurde immer noch in einer Hand gehalten und das helle magische Licht immer noch in der anderen.

Er drehte sich um und sah, dass es den beiden ihn begleitenden Paladinen schlechter gegangen war.

Arthur hockte halb an der Wand und war überwältigt von dem, was Conan für nicht einfach unerwartet, sondern möglicherweise auch ungewohnt hielt.

Lady Yasimina war zusammengebrochen, ihr Schwert fiel von ihren Fingern auf den Stein, der sich neben der Wasserstraße öffnete, ihr Gesicht war purpurrot und ihre blauen Augen vor Überraschung weit aufgerissen.

Conan unterdrückte ein Lächeln; Das Gefühl könnte sich sogar als nützlich erweisen, und sie würden sich bald erholen, selbst wenn es etwas länger dauern würde als er.

Dann bemerkte er Yasiminas Gesichtsausdruck und sah, dass ihre Augen auf etwas hinter ihm gerichtet waren und alle Gedanken an Belustigung verblassten, als er sich umdrehte, um zu sehen, was sie sah.

Es bewegte sich schnell den Tunnel hinunter auf sie zu, Dutzende Beine rutschten gegen die Wände und den Boden, eine große segmentierte Kreatur, die von einem stumpfen roten Schein von jenseits beleuchtet wurde.

Für eine Sekunde dachte er, es sei eine Art riesiger Tausendfüßler, aber seine Augen waren zu groß, sein Kopf hatte die falsche Form und in seinem offenen Mund befanden sich nadelscharfe Zähne.

Er ließ die Phiole fallen und war sich sehr bewusst, dass noch keiner der Paladine in der Lage war zu handeln und dass er mindestens eine freie Hand brauchte, um einen Zauber zu wirken oder das Schwert zu benutzen.

Es war zu spät; Sein Moment des Zögerns, sich seinen Gefährten zuzuwenden, hatte ihn viel gekostet.

Der Körper des Dings schlug gegen ihn, harte Seiten fast so hart wie Metall, das gegen ihn prallte, als es sich unter seinen stechenden Krallenbeinen krümmte.

Er hob eine Hand, um sein Gesicht zu bedecken, eine der Krallen schnitt durch sie, hielt sie aber davon ab, seine Augen zu sein.

Er hörte einen Schmerzensschrei von einem Mann, und dann zog sich das Ding von ihm zurück und rannte immer noch den Flur entlang.

Er sah auf, um zu sehen, dass er Arthur zwischen seinen Kiefern gepackt und hoch gehoben hatte, um in der Dunkelheit im Flur zu verschwinden.

Er wusste, dass der männliche Paladin nicht vollständig gepanzert war, er war nicht so vorbereitet wie sie, und diese scharfen Zähne bohrten sich heftig in sein Fleisch.

Er sprach einen Zauber hinter sich, weiße Lichtstrahlen schlugen gegen das Ding und er drehte seinen Körper, um ihn anzusehen, Arthur baumelte immer noch in seinem bösartigen Griff.

Er hatte es nicht gewagt, einen tödlicheren Zauber anzuwenden, nicht als er ein Opfer so nahe hatte, aber zumindest hatte er ihn wütend gemacht und seine Aufmerksamkeit auf sich gezogen.

Das Ding riss den Kopf zur Seite, knallte Arthurs blutenden Körper gegen die Wand am Ende des Flurs und warf ihn dann mit einem mächtigen Spritzer ins heiße Wasser.

Dann eilte er den Flur entlang zu den anderen.

Yasiminas Schwert war nahe, aber sie waren auf den Steinvorsprung gekrochen und fast ins Wasser gefallen, als die Kreatur über sie gelaufen war.

Sie drehte sich um und sah ihn angesichts der Verzweiflung in seinen Augen an, die eindeutig wieder die Kontrolle über seinen Körper hatte.

Er packte das Schwert und warf es in ihre Richtung.

Er warf es ihr zu, und sie fing es mit Leichtigkeit in der Luft auf, gerade als das Ding nach ihr griff.

Er hatte sie ignoriert und versucht, sie in seinem offensichtlichen Eifer, den Krieger zu erreichen, erneut zu überfahren.

Sie schlug ihr Schwert nach oben, zerschmetterte gepanzerte Teller und ließ einen seltsamen blauen Blutspritzer auf sie spritzen.

Aber er übertraf sie immer noch.

Conan sprach einen Schildzauber und rollte auf den Boden zu, als er auf ihn zustürmte.

Seine Krallen schlugen auf die unerwartete unsichtbare Barriere.

Er spürte einen Hitzestoß auf seinem Gesicht und bemerkte, dass das rote Leuchten vom Rücken der Kreatur kam und tatsächlich mit einer Art seltsamer innerer Energie glühend glühte.

Die Kreatur ragte direkt über ihm auf, die Kiefer offen, die Zähne tropften von Arthurs frisch vergossenem Blut, als der unsichtbare Schild nachgab.

Conan sprach verzweifelt einen weiteren Zauber nach oben, direkt ins Gesicht der Kreatur.

Eine Explosion strahlend weißer Energie verschlang ihn, begleitet von einer betäubenden, lähmenden Kälte, die das gesamte Gebiet überflutete.

Für einen Moment schwebte das Ding über ihm, sein Insektengesicht war mit einer dicken Schicht plötzlichen Frosts bedeckt.

Dann brach sie zusammen und landete teilweise auf ihm. Ihre Beine zitterten schwach, ihre Zähne knirschten wie Eiszapfen, ihre Augen waren permanent geblendet.

Er war sich vage bewusst, dass Yasimina ihn erledigte und ihn den Wasserkanal hinunter warf.

Dabei spritzte heiße Flüssigkeit auf ihn und dann konnte er irgendwie aufstehen.

Yasimina sah ihn kaum an und drehte sich um, um den Flur entlang zu rennen, als er taumelte, um ihr zu folgen.

Er tauchte seine Hände in das heiße Wasser und schrie etwas, das kaum zusammenhängend war, bis eine von Arthurs schwach schlagenden Händen seine fand.

Conan half ihr, seinen Paladinkollegen aus dem Wasser zu heben, dankbar, dass der Mann noch nicht vollständig gepanzert war.

Er war schwer verletzt, seine Kleidung zerrissen und blutig, eine offene Wunde auf seiner Brust, kaum lebendig und kaum in der Lage, sich zu bewegen.

Yasimina beugte sich über ihn und Conan glaubte Tränen in ihren Augen zu sehen, als er seine Hände über die Wunde auf seiner Brust legte und drückte, während er immer wieder ein Gebet murmelte.

Arthur hatte einen Krampf, spuckte Wasser aus, die Wunde heilte sichtbar unter der magischen Berührung der Frau.

Er würde leben, aber Conan dachte, er könnte kaum in der Lage sein, weiterzumachen.

Offensichtlich war dem Paladin der gleiche Gedanke gekommen.

"Mach weiter ohne mich", keuchte er und richtete seinen Blick auf Yasimina.

"Wir können dich nicht hier lassen!" Conan bemerkte die rohe Emotion in ihrer Stimme, fragte sich eine Sekunde lang, was er gesehen hatte, als er die Phiole öffnete, und wies den Gedanken dann als unwürdig ab.

"Sie müssen. Du musst damit aufhören. Lass mir mein Schwert. Alles, was von jenseits dieses Ortes kommt, können sie stoppen, bevor es mich erreicht. Mir geht es gut. Jetzt geh!"

Sie nickte, obwohl der Krieger die Zurückhaltung in ihrem Gesicht sehen konnte.

Aber sie hatten keine andere Wahl.

* * *

"Wer ist diese Person?" Forderte Antistia mit einem Hauch von Hysterie in ihrer Stimme. "Ich möchte wissen, was los ist!"

Sie hatten sich in einer Art unterirdischer Kammer getroffen.

Ein Keller unter der Rotunde, vermutete er.

Anfangs dunkel, wurde es jetzt von einem orangefarbenen Schein einer magischen Kugel beleuchtet, die einer seiner Mitverschwörer unter seiner Robe hervorgebracht hatte.

Es waren nur sechs von ihnen im Raum, obwohl er wusste, dass andere überlebt hatten.

Sertorio und Yamcha waren ihr nahe gewesen, als die Explosion passierte, und sie hatte sie beide stehen sehen, als die Nebel verblasst waren.

Keiner von ihnen war jetzt in der kleinen Gruppe.

Und irgendwo war natürlich Agra, der geschützte Nekromant, dessen Horden angeblich die Paladine zerstörten, als die Zeremonie begann.

Es könnte auch andere geben, obwohl sie sicher war, dass einige von der mysteriösen Explosion erfasst worden waren.

Wie konnte alles so plötzlich, schrecklich, falsch gelaufen sein?

"Das scheint eine faire Frage zu sein!" brach eine der anderen Kapuzenfiguren, einen Kaufmann, den er nicht besonders gut kannte.

"Ist das? Sind wir alle zum Scheitern verurteilt?" fragte ein zweiter Mann nervös, bis Gedren ihn mit einem angewiderten Blick aufhielt.

"Nein, natürlich nicht", schnappte der Dunkelelf, "jemand hat von uns erfahren und versucht, die Zeremonie zu stoppen, aber es ist noch Zeit. Es gibt noch einen anderen Weg", sie drehte sich zu dem Fremden um, "ist es nicht es?"

"Es gibt", sagte die mysteriöse Frau, "die Präsenz ist nicht so leicht zu besiegen."

"Und wer zum Teufel bist du überhaupt?" schnappte der verbleibende Verschwörer, die Frau, die das magische Licht erzeugt hatte.

Antistia hielt sie für eine Art kleine Zauberin.

"Und was bist du?"

"Sie ist eine andere Agentin der Gegenwart", sagte Gedren, "deren innere Natur erwacht ist. Sie war diejenige, die das Räuchergefäß für uns erworben hat."

Antistia bemerkte, dass der Dunkelelf den zweiten Teil der Frage nicht beantwortet hatte.

Für die mysteriöse Frau schien sie kein Mensch zu sein, sondern eine Mischung aus Sterblichen und Dämonen.

Er hatte scharfe Hörner aus seiner Stirn, blutrote Augen und Haut, deren Farbe ... nun, er konnte es im Licht dieses Lichts nicht erkennen, aber es sah nicht normal aus.

Möglicherweise ein Halbdämon, aber einer, dessen Dämonenfleck weitaus stärker war als jeder andere, von dem ich je gehört habe.

Vielleicht war es eher wie ein Dämon.

Natürlich nicht, dass sie eine Expertin in solchen Dingen war.

"Cassandra", sagte der Fremde, "mein Name ist Cassandra."

Antistia bemerkte, dass er eine Art Zepter mit einem leicht leuchtenden Kristall an der Spitze hielt.

Sogar Gedren starrte ihn ständig an, als wäre sie sich nicht sicher, was es war.

"Oh das?" Cassandra bemerkte anscheinend seinen Blick: "So werden wir es ohne ihre ursprüngliche Zeremonie machen." Sie lächelte ohne eine Spur von Wärme, sagte aber nichts mehr.

Die unangenehme Stille zog sich hin, bis Gedren sich schließlich entschied, sie zu brechen, und sah so unangenehm aus, wie Antistia sie gesehen hatte.

"Wie?" fragte der Dunkelelf, offensichtlich unbehaglich, Rat suchen zu müssen.

"Fragen Sie die Gegenwart", sagte Cassandra, "und Sie werden wissen wie. Sie sind, glaube ich, der einzige, der direkt mit ihr sprechen kann."

"Das bin ich", sagte Gedren, und ein hochmütiger Ton kehrte zu seiner Stimme zurück, als er offensichtlich erkannte, dass er möglicherweise immer noch die Oberhand hat.

Er schwieg einen Moment, als würde er eine innere Stimme hören, dann hob er plötzlich den Kopf, sein Gesichtsausdruck war unleserlich.

"Ich verstehe", sagte er mit überraschend toter Stimme. "So sei es."

Die Dunkelelfe griff in die schwarze Tasche, die sie die ganze Nacht an ihrer Seite getragen hatte, und zog einen lila geätzten Zauberstab heraus, der einem Zauberstab ähnelte, und hob ihn mit einem Schnörkel in die Luft.

Damit zeigte er auf den Kaufmann und sprach ein einziges Befehlswort aus.

Ein grünlicher Lichtstrahl schoss aus dem Ende des Zauberstabs und traf ihn in der Brust.

Der Kaufmann schrie.

Er fiel schreiend auf die Knie, während Antistia und die beiden anderen Verschwörer entsetzt zusahen.

Nur Cassandra und Gedren sahen ruhig aus, als Rauchschwaden unter der Tunika des Mannes hervorkamen und auf den Boden fielen.

Dann brachen Flammen aus seinem Mund aus und einige Sekunden später hatte er aufgehört, sich zu bewegen.

Gedren sah die anderen im Raum an.

"Wir brauchten noch ein Opfer. Und einen Verrat", sagte er, als wäre es das Natürlichste auf der Welt.

"Natürlich", kommentierte Cassandra traurig, "ohne die Zeremonie zu beenden ..." Sie ließ die Worte in der Luft hängen.

"Richtig", sagte Gedren. "Man ist nicht mehr genug."

Und sie erschoss den zweiten Mann.

Der andere Verschwörer, die Zauberin, erkannte einen Moment vor Antistia, was das bedeutete, und rannte zur Tür, als der zweite Mann schreiend auf dem Boden zusammenbrach.

Cassandra hatte mit dem Zepter einen Blitz zur Tür geworfen, und die Zauberin hatte mit zitternden Fingern nicht einmal Zeit, ihn zu Ende zu ziehen.

Davor stieß sie einen hohen Schrei qualvoller Qualen aus.

Antistia stürzte sich auf die Tür, aber Cassandra war vor ihr, das böse Zepter zeigte in ihre Richtung.

Die Adlige kniete nieder, bedeckte nutzlos ihren Kopf mit den Armen und schluchzte vor plötzlichem Entsetzen.

Das war nicht die Idee gewesen!

Sollte sie jetzt am Rande unvorstellbarer Macht und Reichtum stehen und jetzt von ihren eigenen Kollegen ermordet werden?

Sie hatten sie alle betrogen.

Sie war ihr ganzes Leben lang immer betrogen worden, und es war immer die Schuld eines anderen!

Was hatte sie jemals falsch gemacht?

Was hatte sie getan, um dieses Schicksal zu verdienen?

Die Empfindung nagte tief an ihr, obwohl sie wusste, dass Emotionen genau das waren, was die Präsenz wollte.

Was Gedren wollte.

Aber er erkannte, dass sie noch lebte.

Langsam öffnete sie die Arme und sah die beiden anderen Frauen mit tränenreichen Augen an.

Die anderen drei Kapuzenfiguren waren verkohlte Hülsen am Boden.

"Drei sollten reichen", sagte Gedren.

Cassandra nickte und Antistia holte zittrig Luft, erstaunt über ihr Glück.

"Aus Neugier", fragte die Dämonenfrau, "warum nicht sie?"

"Sie hat Glück", sagte Gedren beiläufig. "Aber hauptsächlich, weil ich einen außergewöhnlich großen Umschnalldildo habe, den ich heute Abend benutzen wollte", streichelte sie die schwarze Tasche, "und ich habe nicht vor, sie zu verschwenden." Er wandte sich an den zitternden Adligen: "Morgen werden Sie als Herrscher an meiner Seite sein, vielleicht der einzige, der noch übrig ist. Sie werden alles bekommen, was Sie jemals wollten. Aber heute Abend, wenn ich mit dieser Angelegenheit fertig bin, werde ich Sie verarschen." wie nie zuvor. Du wurdest verarscht. Und "gerade", "er spuckte das Wort aus, wie ein Fluch," oder nein, ich werde nicht aufhören, bis ich sicher bin, dass du mindestens einmal einen Höhepunkt erreicht hast. "

"Nun", sagte die Dunkelelfe, ihre Stimme plötzlich leiser, "das wird uns später Spaß machen. Aber lasst uns wieder zur Sache kommen!"

* * *

Valeria verschwendete wertvolle magische Energie und zwang die Tür auf, die Rufus mit einem eigenen Zauber verschlossen hatte.

Der menschliche Zauberer hatte eine Wendeltreppe in der Rotunde erklommen und die Tür oben geschlossen, bevor er sie erreichen konnte.

Keiner von ihnen bewegte sich sehr schnell, sie hatte immer noch Schmerzen wegen seiner Verletzungen und er war wahrscheinlich schon vor seiner Verletzung außer Form, aber es war niemand anderes hier, der sie unterbrach.

Wenn jemand aus dem Kapuzen-Zirkel überlebt hatte, hatte Snagg hoffentlich gerade mit ihnen zu tun.

Er öffnete die Tür, sprang durch sie und rollte sich zur Seite.

Wie erwartet flog ihm dabei ein Zauber über den Kopf.

Es war gut zu sehen, dass mehr Kampferfahrung als er ihr einen Vorteil verschaffte.

Valeria setzte die Bewegung nahtlos fort und stand mit erhobenen Händen auf.

Er hatte nicht mehr die Kraft für viele seiner mächtigsten Zaubersprüche, aber er konnte immer noch den verwenden, der den mutmaßlichen priesterlichen Vergewaltiger besiegt hatte.

Leider hatte sogar Rufus daran gedacht, und die Funken des Lichts verschwanden vor ihm in nichts, eine Schutzbarriere, die offensichtlich bereits vorhanden war.

Sie waren auf dem Dach, sah er jetzt, unter dem mondhellen Himmel, die große Kuppel der Rotunde auf einer Seite und einen großen Tropfen nicht weit entfernt durch einen kurzen, flachen Raum, der nicht einmal ein Geländer hatte.

Rufus gestikulierte bereits mit seinen Händen und schwarzer Rauch wirbelte um ihn herum und stieg in schwelenden Ranken auf, die seinen Körper trafen.

"Mal sehen, wie du Demut lernst, Elfenschlampe!" Schrie Rufus, als sich eine Ranke um ihr Bein wickelte, sie zu Boden zog, ihren Rock riss und sie zwang, ihr Ziel vom anderen Zauberer wegzunehmen.

Der Mensch erhob sich in die Luft, ein fliegender Zauber trug ihn in die Höhe und lachte grausam, als er sich von der Dachkante zurückzog und sie sich mit den Ranken auseinandersetzen ließ, die sie beschworen hatte.

Valeria sah, wie er seine Hände bewegte, um einen weiteren Zauber zu wirken, der sie sicherlich treffen würde, wenn sie sich bemühte, die Ranken zu entfernen.

Er hatte es zuvor vermieden, seine tödlichsten Zaubersprüche anzuwenden, aber dafür gab es jetzt keinen Grund, und er hatte sich bereits vor den meisten Überresten seines eigenen Arsenals geschützt.

"Bist du nichts gegen mich? Hörst du mich?" Schrie Rufus mit einem verrückten Blick in den Augen, einen Sekundenbruchteil bevor sie ihre Hand losließ und einen letzten Zauber auf ihn ausübte.

Es war kein Kampfzauber, also produzierte es nichts Physisches, vor dem sein Schild ihn schützen konnte.

Stattdessen stornierte Valeria ihren Flugzauber.

Rufus stieß einen durchdringenden Schrei aus, als er wie ein Stein fiel, der nur unterbrochen wurde, als sein Körper gegen das Kopfsteinpflaster darunter knallte.

Die Tentakel um ihn herum verschwanden und verschwanden in der kühlen Nachtluft.

Valeria rutschte an die Dachkante.

Er konnte sehen, wie Rufus sich auf der mondhellen Straße ausbreitete und eine Blutlache um ihn herum sickerte.

Es bewegte sich nicht.

Und dann stürzten sich die Dämonen auf ihn, eine brodelnde Masse, die mit Krallen und Zähnen kratzte, als sie anfingen, seinen Körper zu verschlingen.

* * *

"Auf diese Weise", sagte Conan und untersuchte die alte Karte, "führt dieser Weg zu einem Brunnen und einer Art Falle dahinter. Aber auf diese Weise ... Auf diese Weise ist die Kamera, nach der wir suchen, denke ich. Das Herz von all dem ".

Sie hatten jetzt die Wasserkanäle des alten Entwässerungssystems hinter sich gelassen und gingen durch einige sehr alt aussehende Steinkorridore, vielleicht einmal Teil eines Tempelkomplexes.

Es waren sicherlich die Ruinen, über die Kahudreth gestolpert war, lange bevor Tarantia existiert hatte.

Hin und wieder hörten sie Geräusche von Gleiten im Dunkeln hinter dem Licht, bedrohlichen Geräuschen oder plötzlichen Knurren.

Aber alles da draußen schien sich ihnen nicht zu nähern, zumindest noch nicht.

Sie waren eindeutig irgendwo, wo sie die höllischen Ebenen irgendwie berührten, verdorben von der Gegenwart.

Vielleicht gab es irgendwo ein Portal, durch das das Monster, das sie gefunden hatten, gekrochen war, als die Barrieren durchbrochen wurden und die Präsenz sich der Zeit ihrer eigenen Freilassung näherte.

Der Korridor endete dort, wo die Karte es vorschrieb, und Conan und Yasimina betraten eine große Kammer mit einer hohen Gewölbedecke.

Fünf alte und korrodierte Kronleuchter standen an den Eckpunkten eines in den Boden gehauenen Fünfecks.

Er vermutete Anzeichen dafür, dass die alten Abenteurer versuchten, das, was sie gefunden hatten, einzusperren.

In der Mitte des Raumes befand sich ein Steinaltar mit dunklen Flecken auf der Oberfläche.

Um den Altar herum lagen vier Skelette, drei Orks und eines Menschen, deren Knochen staubtrocken waren.

Es war klar, dass dies die Kammer war, aus der der furchterregende Magrorn Cthare zuerst versucht hatte, die Präsenz in diese Welt zu bringen.

Jetzt lagen seine Knochen bei denen seiner Opfer, ein klarer Beweis für sein Versagen.

"Was jetzt?" Fragte Yasimina.

"Ich weiß nicht", gab Conan zu und ging vom Pentagramm durch den Raum.

Die Dunkelheit wurde nur von ihrem magischen Licht beleuchtet und versuchte herauszufinden, ob es einen Hinweis darauf gab, was getan werden konnte.

Er konnte keine sehen.

"Wir müssen etwas tun", sagte der Champion, "dafür sind wir den ganzen Weg gekommen."

"Ich weiß", stimmte er zu, "aber ich hatte gehofft, dass es mehr Hinweise gibt."

"Könnten wir es zerstören?"

"Vielleicht, aber es ist vielleicht nicht so einfach. Zwischen uns können wir vielleicht an etwas denken. Was wissen wir über Dämonen, woher sie kommen?"

Bevor sie antworten konnte, wurde der Raum von strahlend weißem Licht durchflutet, und Conan trat zurück und schützte seine Augen vor dem plötzlichen Blenden.

"Was ist das?" Fragte Yasimina.

Er schaute, jetzt, wo sich seine Augen anpassten, und sah einen Lichtstrahl, der von der Spitze der Kuppel zum Altar ragte.

Orangefarbene Flammen, die ohne Brennstoff brannten, schossen durch den Stein, wo sie sich berührten, bildeten eine Scheibe und sprangen unglaublich hoch in die Luft, als ob sie durch den Lichtstrahl klettern würden.

"Sie müssen es jetzt tun!" Er sagte: "Es muss die Sonnenfinsternis sein. Sie beenden die Zeremonie."

"Wir haben keine Zeit mehr darüber nachzudenken!" Schrie Yasimina und er musste akzeptieren. "Es muss zerstört werden!"

Ich wusste nicht, ob das funktionieren würde, aber welche andere Option hatten sie?

Hier gab es nichts anderes, keine Ahnung, was die Präsenz aufhalten könnte.

Aber vielleicht, nur vielleicht, brauchte er den Altar.

Conan warf seinen stärksten Zauber auf den Steintisch, ein Blitz traf ihn, zerschmetterte den Stein und spaltete ihn auf, als unnatürliches Feuer tropfte und spuckte, desorientiert und willkürlich herausschoss.

"Läuft!" schrie er Yasimina an und schleuderte einen Feuerball zurück in die Kammer, als er ihr aus dem Bogen und zurück in den Korridor folgte.

In dem geschlossenen Raum war die Explosion noch stärker als erwartet und erschütterte alles über ihnen.

Er sah eine Platte der Gewölbedecke am Bogen vorbei krachen, die den Lärm erhöhte und Staub und Trümmer hinter sich spuckte.

Sogar der Korridor zitterte und bröckelte.

Sie hatten nicht so viel Magie einsetzen wollen, um sich ihren Weg durch die tödlichen Pflanzen zu bahnen, aus Angst, dass der Korridor einstürzen würde, und jetzt, wo sich prophetische Angst als wahr herausstellte.

Sie rannten, während Steine von der Decke fielen und manchmal über umgestürzte Steine sprangen.

Yasimina keuchte schwer in ihrer Rüstung, erstickt von dem Staub, der die Luft erfüllte und das magische Licht fast unbrauchbar machte.

Er wurde desorientiert, seine Hände ausgestreckt, um einen Hinweis auf eine Wand zu finden, bis ihn etwas hart auf den Kopf traf und er bewusstlos zu Boden fiel.

Es schien nur einen Moment später, als er aufwachte und das Rumpeln in seinen Ohren verblasste.

Alles war völlig dunkel und etwas war an seinen Beinen, der Schmerz war intensiv.

"Yasimina!" schreien.

"Ich bin da!" Er seufzte bei der vertrauten Stimme. "Mir geht es gut, bleib einfach still, während ich dich rausbringe. Ich denke, das Zittern hat aufgehört. Dieser Teil des Durchgangs ist stabil. Wir hatten gerade das Ende des gefährlichen Teils erreicht, als die Steine dich niedergeschlagen haben."

"Danke den Göttern dafür ...", hauchte er, als er spürte, wie sie anfing, die Trümmer zu beseitigen, die ihn teilweise begraben hatten.

"Du kannst laufen?"

"Ja, ich denke. Kannst du sehen?"

"Nein, kannst du noch ein Licht erzeugen?"

Er schüttelte den Kopf, aber natürlich konnte sie ihn nicht sehen.

"Entschuldigung", sagte er, "noch nicht. Mein Kopf ist ... ich war für einen Moment fassungslos." Er versuchte aufzustehen und zuckte dabei zusammen. "Okay, das Gehen ist vielleicht nicht so einfach wie ich dachte."

"Lehn dich an mich. Ich bring dich hier raus."

"Ich weiß", sagte er, "ich weiß."

* * *

Das Klopfen an den Türen hatte aufgehört.

Priester und Patienten drängten sich in der Mitte des Raumes zusammen, während Zula unsicher mit dem Schwert in der Hand da stand.

Außerhalb der Krankenstation herrschte Stille.

"Sie sind gegangen?" Fragte Yakin und klang, als hätte er es nicht ganz geglaubt.

Zula auch nicht.

"Ich weiß nicht", sagte er, "ich kann nicht verstehen, warum sie es tun würden. Und es ist nicht so, als könnten wir die Türen öffnen, um es zu überprüfen."

Er sah zu den Fenstern hoch oben auf.

Es gab nichts als Nachtdunkelheit.

"Wir werden warten", entschied er, "bis wir sicher sein können, was passiert."

Und so taten sie es, bis die überlebenden Geistlichen von Ymir eintrafen, um ihnen zu sagen, dass der Weg frei war.

Alle Zombies waren plötzlich auf einen Schlag gefallen und lagen verwesend auf den Straßen.

Die Dämonen und noch schlimmer waren geflohen und in der Nacht verschwunden, und niemand konnte sagen, wohin sie gegangen waren.

Die Katastrophe, die für andere als Zula unerklärlich war, war so plötzlich passiert, wie sie begonnen hatte.

***

"Viele?" Fragte Valeria, als Snagg von dem breiten Riss in ihrem Rock wegschaute.

Er glaubte nicht wirklich, dass es Zeit war, prüde zu sein, aber er nahm an, dass ein Leben mit Zwerggewohnheiten schwer zu brechen war.

»Sie haben mit Ihrem ersten Feuerball drei gefangen«, sagte er, »er ist da drüben«, sagte er dem Priester, »und ich habe selbst einen anderen abgeschossen. Die Wache, glaube ich. Er war der einzige, der genug Präsenz hatte Steh auf und komm, um gegen mich zu kämpfen. Dein Zauberer?"

"Tot. Dämonen fingen an ihn zu essen und dann verschwanden sie."

"Dann hat jemand etwas getan."

"Conan und Yasimina; es muss sein. Wie geht es ihm?" Sie nickte der Nonne zu.

"Wirklich inkohärent. Sie hatte einen bösen Schock. Aber sie lebt, wir haben sie gerettet."

"Ja, mit der Hilfe anderer."

"Fünf Tote hier, Ihr Zauberer macht sechs. Es gab dreizehn Leute, die dieses Gebäude betraten. Wo sind die anderen sieben?"

"Gute Frage. Die Untoten sind weg, damit sie hier sicher genug ist. Also werden wir die anderen sieben finden. Fertig?"

"Wie immer."

* * *

Gedren stand mit ausgestreckten Armen vor der großen Feuerscheibe, die im Raum aufgetaucht war.

Es war ein Portal zu einem anderen Ort; Das wurde von Antistia verstanden.

Dies war es, was sie versucht hatten zu beschwören, und jetzt war der Moment fast vor ihnen.

Sie kniff die Augen zusammen und glaubte, etwas in den wirbelnden Flammenmustern zu sehen, konnte aber keine Details erkennen.

Sie hatte mitgesungen, wie ihr gesagt worden war, aber jetzt schien ihre Rolle vorbei zu sein und sie war sich nicht sicher, was als nächstes passieren würde.

Sie standen kurz vor dem Erfolg, nicht wahr?

In wenigen Augenblicken würde er ... nun, sie war sich nicht sicher was, jetzt wo sie darüber nachdachte.

Aber der Sieg, der endgültige und absolute Sieg über ihre verräterischen Verwandten, über die gesamte Gesellschaft, die ihr Unrecht getan hatte, war endlich in ihrer Reichweite.

Trotzdem konnte sie nicht anders, als auf die Tasche zu starren, die Gedren mitgebracht hatte, und sich daran zu erinnern, was der Dunkelelf vor dem Morgen gesagt hatte.

Außergewöhnlich groß, hatte er gesagt. Wie groß wäre das? Der Gedanke verärgerte sie und gleichzeitig machte er sie seltsamerweise an.

Sie wusste auch nicht, wie das enden würde.

"Kommt!" schrie Gedren mit jubelnder Stimme: "Die Gegenwart kommt! Alle begrüßen die Gegenwart!"

In der Flamme bewegte sich jetzt definitiv etwas, das vor Antistias erstaunten Augen größer wurde.

Dann begannen die Flammen zu tanzen und bewegten sich unregelmäßig. Das Portal selbst veränderte seine Form und kräuselte sich in einem unregelmäßigen Muster.

"Nein ...", keuchte Gedren und Antistia kannte wieder die Angst.

Etwas anderes stimmte nicht.

Es gab einen strahlenden weißen Lichtblitz, der alles überwältigte, und ein donnerndes Brüllen, das den Raum erfüllte.

Antistia stolperte kurz geblendet gegen die Wand.

"Was ist passiert?" er stöhnte erbärmlich, als seine Augen sich bemühten, wieder zu sehen.

"Ich ... ich nicht ..." war Gedren besorgt und unsicher.

"Wir haben gewonnen."

Er drehte sich zu Cassandra um.

Ihre Stimme war tiefer als zuvor, obwohl sie immer noch fast weiblich war.

Die Kämpferin oder der halbe Dämon oder was auch immer sie war, stand da und lächelte.

"Wir haben es geschafft?"

"Ja."

Als sich ihre Augen endlich erholten, erkannte Antistia, dass Cassandra noch weniger menschlich war als zuvor.

Seine Hörner waren jetzt riesig, ramartig, und seine Haut, die von dem strahlend weißen Schein beleuchtet wurde, der jetzt von dem

Zepter ausging, das er trug, war rosarot, seine Nägel schwarz und krallenförmig.

Wirbel aus dunklem Nebel stiegen aus seinen Händen auf, und seine blutroten Augen funkelten buchstäblich wie mit einer gewissen dämonischen Leidenschaft.

Es hatte auch einen langen Stachelschwanz, der dahinter schwankte, obwohl es zumindest keine Anzeichen von Flügeln gab.

"Sie haben den Altar zerstört", sagte er, "sie denken, dass sie damit fertig sind."

"Es tut uns leid?"

"Ist es wichtig? Sie waren zu spät. Die Präsenz ist bereits angekommen. Jetzt ist es in mir. Wir haben gewonnen."

"Ich kann deine Stimme nicht hören ..." Gedren klang verwirrt.

"Du kannst mich hören. Das wird genug sein. Ich kann Dämonen beschwören, wann immer ich will. Ich kann mit einem Fingerklick eine Armee aufbauen. Die Stadt gehört uns; sie wissen es einfach noch nicht."

"Aber ich bin die Hohepriesterin. Die Macht sollte meine sein!" Cassandra schnaubte.

"Wer von uns hat Dämonenblut? Die Gegenwart brauchte dich, um die Zeremonie zu organisieren. Sie braucht dich jetzt nicht. Ich bin jetzt der Herrscher. Ich bin deine Prinzessin, dein Lehrer."

"Nein! Ich hätte es sein sollen!" Die Dunkelelfe kreischte und hob die Hände zu der dämonischen Gestalt vor ihr. "Ich sollte es sein".

"Und deshalb", sagte Cassandra, "kann ich dir nie vertrauen."

Die Flamme spuckte aus seinen Fingerspitzen und sprengte Lady Gedren gegen die Wand, wo die Flammenscheibe noch nicht lange zuvor gewesen war. Antistia hatte gerade bemerkt, dass sie verschwunden war.

Die Dunkelelfe schrie, ein Schrei der Frustration und Empörung statt eines Schmerzens, als das lodernde Feuer sie verzehrte.

Cassandra drehte sich zu Antistia um.

"Bitte töte mich nicht!" bettelte sie und fiel auf die Knie. "Ich werde tun, was immer du willst! Alles! Ich bin nicht wie sie. Du kannst mir vertrauen, dass ich dein Diener bin. Nur bitte töte mich nicht!"

Bevor Cassandra irgendwie reagieren konnte, war ein kratzendes Geräusch hinter ihr zu hören, und sie drehte sich um und sah, wie Gedren aufstand.

Die Dämonenfrau sah tatsächlich überrascht aus.

"Ich bin nicht hilflos gegen dämonische Macht, höllisch hervorgebrachte Schlampe!" spuckte der Dunkelelf aus. "Glaubst du, du kannst mich so leicht zerstören? Denk nochmal nach!"

Sie verzauberte Cassandra, aber die andere Frau fing einfach das helle Licht in ihrer Hand auf, als wäre es ein Ball gewesen.

Es leuchtete auf und verblasste.

Hellrote Augen untersuchten neugierig ihre jetzt leere Hand und gingen dann zu der Dunkelelfe.

"Es wird wirklich nicht funktionieren", sagte er mit ruhiger Stimme.

Gedren kreischte und sprang mit ausgestreckten Händen und kratzenden Fingern vor.

"Ich hätte es sein sollen!" Sie schrie und kämpfte gegen die gehörnte Frau mit den wilden Augen, die in rasender Wut versunken war.

Plötzlich war ein Messer in Gedrens Hand.

Ein kleines, dünnes Blech aus dunklem Metall, dünn und dekorativ, aber kaum mehr als ein Küchengerät.

Sie stach ihn in Cassandras Bauch, wurde aber leicht beiseite geschoben.

Antistia nutzte die Gelegenheit, um zur Tür zu rennen und mit dem Riegel zu kämpfen, wie es die Zauberin vor ihr getan hatte.

Sie hörte ein weibliches Kreischen von Schmerz und Entsetzen, und trotz ihrer selbst blickte sie zurück, um zu sehen, was hinter ihr geschah.

Irgendwie hatte Cassandra es geschafft, das Messer umzukehren, das jetzt zwischen Gedrens großen Brüsten hervorstand und den Stoff ihrer Robe durchbohrte.

Es sah nicht so aus, als wäre es besonders ernst gewesen, und es gab wenig Blut, aber die Dunkelelfe taumelte zurück, ihre Augen vor Überraschung weit aufgerissen.

Gedren warf den Kopf zurück und Antistia sah einen bläulichen Schaum auf seinen Lippen.

Augenblicke später war sie zu Boden gefallen, krampfte sich zusammen und schlug sich mit ihm.

Das Messer war vergiftet worden, und zwar nicht nur mit normalem Gift, sondern mit etwas Magisch Tödlichem, vielleicht aus dem unterirdischen Land des Dunkelelfen.

Augenblicke später waren ihre Angriffe abgeklungen und Lady Gedrens Kopf neigte sich zur Seite. Ihre rot gefärbten Augen starrten ausdruckslos in die Dunkelheit.

Antistia erneuerte ihre Bemühungen an der Tür, zog den Riegel beiseite und versuchte sie zu öffnen. Sie kämpfte aufgrund ihrer eigenen Panik härter als sie sollte.

Cassandra trat an seine Seite und schloss sie wieder.

Antistia schrie und rutschte zu Boden, den Rücken zur Tür, die Hände wieder über den Kopf gehoben.

Die andere Frau legte jedoch einfach ihre Hand an das Kinn des Adligen und hob sie hoch, um in ihre Augen zu schauen.

Antistia stöhnte, ihre Knie zitterten buchstäblich vor Angst und schämten sich dafür, wie viel Angst sie verzehrte.

Sie wollte nicht sterben.

"Ruhig."

Ihre Beine zitterten und versuchten, die Tränen zurückzuhalten. Sie versuchte es.

"Bitte ...", flüsterte er erneut mit trockenem Mund.

Cassandra trat vor und schlang ihren Arm um die Schulter der menschlichen Frau, eine fast beruhigende Geste.

Dann brach er Antistia den Hals.

* * *

Als Valeria und Snagg die Kammer fanden, befanden sich fünf Leichen darin.

Aber von niemand anderem war etwas zu sehen.

.

DAS ABENTEUER WIRD IM BAND WEITERGEHEN:
CONAN DER BARBAR
LETZTER TEIL